할퀴고 물려도
나는 수의사니까

박근필(글쓰는 수의사, 투더문)

직업

100세 시대란 말이 유행했던 때가 있었다. 그런데 요즘엔 100세를 넘어 120세, 200세도 가능하다는 얘기가 들린다. 하나의 직업으로 평생을 보내기에는 역부족인 시대라는 의미다. 투잡, N잡이란 단어가 생겨난 이유이기도 하다.

여기서 핵심은 자신이 무엇을 좋아하고 오랫동안 잘할 수 있는지를 알아야 한다는 것이다. 자신에 대한 성찰과 분석의 시간이 필요하다. 이 시간을 충분히 가진 후 수의사란 본업 외에 작가라는 또 다른 길에 도전했다. 책과 글쓰기를 평생 곁에 두며 살고 싶다.

마흔

별다른 사춘기 없이 청소년기를 보냈고 성인이 되었다. 어느덧 마흔이 된 지금, 어쩌면 사춘기를 보내고 있는 듯하다. 다행히 좋은 의미의 사춘기다.

현실에 안주하지 않고 삶에 변화와 성장을 위해 고군분투 중이다. 때론 힘들고 아프기도 하지만 성장통이라 여기며, 인생에서 중요한 변곡점을 지나고 있다. 근사하고 멋진 50대, 60대 그리고 그 이후를 기대해본다.

삶의 태도

평소 생각도 많고 스스로에게 질문을 많이 하는 편이다. 어떻게 살기를 원하나, 어떤 사람이 되고 싶나, 어떤 것에 가치를 두는가, 어떤 것을 포기할 수 없는가.

쓸모 있는, 필요로 하는, 도움을 주는, 기여하는, 가치를 제공하는 사람이 되고 싶다. 나 혼자만을 위한 삶이 아닌 타자에게 좋은 영향을 주는 삶을 살고 싶다. 작가가 된 계기 중 하나이기도 하다.

묘비명

훗날 나의 묘비가 생긴다면 묘비명에 뭐라고 남길지 생각해 본 적이 있다. 오랜 고민 끝에 이렇게 정했다.

"나는 이런 사람으로 기억되고 싶다. 그는 참 따뜻한 사람이었다."

따뜻한 사람이고 싶다. 따뜻한 온기를 전해주고 싶다. 그렇게 기억되고 싶다.

블로그(SNS)
https://linktr.ee/tothemoon_park

할퀴고 물려도
나는 수의사니까

박근필 지음

오늘도
동물병원은
전쟁 중

수의사[수이사]
동물에 생기는 여러 질병을 진찰하고 치료하는
의사. 이 책에서는 매일 전쟁터 같은 동물병원에
서 일하는 수의사의 이야기를 담고 있습니다.
할퀴고 물려도 그는 수의사니까요.

행복한 반려 생활을 위해

2004년 수의대에 입학하자마자 선배님의
병원에서 아르바이트를 시작했을 때 지금은
상상할 수도 없지만 많은 사람이 원장님을
'아저씨'라고 불렀습니다. 그리고 반려동물이란
단어보다는 '애완동물'이라 불렀죠. 19년이
지난 지금은 수의사를 모두 선생님이라
부르고, '애완견'이란 단어를 보면 오히려
기분이 나빠지는 경우가 많습니다. 그만큼
반려 문화가 발전했고 반려동물과 행복하게
지내기 위해 노력하는 사람들이 많아졌다는
것이겠죠. 하지만 저의 눈으로 봤을 때 아직도
애완동물처럼 살고 말로만 반려동물로 부르는
경우가 많이 있습니다.

'애완동물'의 뜻은 사랑하는 장난감이라는

뜻입니다. 우리가 장난감을 아무리 사랑해도
장난감이 행복할 필요는 없겠죠. 하지만
반려라는 뜻은 짝 반, 짝 려, 즉 '진정한 짝'이라는
뜻으로 우리만 행복한 것이 아닌 반려동물들도
우리와 살면서 같이 행복해야 한다는 뜻입니다.
하지만 정말 우리 아이들은 행복할까요?

행복의 조건은 사람마다 다르겠지만 가장
중요한 것 중 하나는 바로 '아프지 않는
것'입니다. 하지만 동물들은 '아프다'라는 표현을
잘 하지 않으려 합니다. 그래서 저도 항상
동물들이 말을 할 수 있다면 "나 어디가 어떻게
아파."를 말할 수 있었으면 좋겠다고 생각하곤
합니다. 또 반려동물들은 우리처럼 아픈 것을
치료하기 위해 병원에 간다고 이해하지 못하기
때문에 아이들에게 수의사는 가장 무섭고 나를
더 아프게 하는 이상한 사람일 것입니다.

이 책은 그런 수의사의 고충부터 우리가
반려동물들이 아프지 않고 행복하게 살기

위해 알아야 할 기본적인 것들을 아주 편하고
간단하게 알려줍니다. 자기 스스로 알아서
하지 못하고, 아픈 것도 오히려 숨기려고 하는
반려동물이기에 보호자에겐 알아야 할 것들이
많습니다. 행복한 반려 생활의 시작을 이
책으로부터 시작해보는 것은 어떨까요?

동물행동전문가 수의사, 설채현

슬기로운 반려 생활 가이드북

우리나라의 반려동물 수는 매년 늘어나고
있습니다. 그만큼 여러 매체와 온라인을 통한
잘못된 상식과 정보들도 넘쳐나고 있죠.
다만 그런 곳에서라도 정보를 찾고자 하는
보호자들의 마음도 이해가 됩니다. 당장 우리
반려동물이 아파 보이거나 예방접종을 해야
하는지 궁금할 때마다 수의사를 직접 찾아가
물어볼 수는 없기 때문입니다.
정보의 홍수 속에서 막막해하던 보호자들을
위해서 오랜 임상 경력이 있는 수의사가 직접
집필한 이 FAQ 책은 슬기로운 반려 생활
가이드북으로 역할을 해줄 것이라 믿습니다.
결국 많은 정보보다는 전문가의 정확한 정보가
우리 아이들을 지켜줄 수 있기 때문입니다.

한국고양이수의사회 부회장, 김명철

반려동물을 키우면서 알아야 할 필수 지식

저는 4세 포메라니안 강아지 한 마리를 키우고 있습니다. 이름은 뭉치입니다. 아이들이 너무 원해서 새끼 때 입양을 했고, 4년이 지난 지금 뭉치는 저희 가족 중 한 명이 되었습니다. 저 말고도 대부분의 보호자가 반려동물을 가족이라고 생각할 거라고 확신합니다.

아이가 아프면 병원을 갑니다. 반려동물이 아파도 병원을 갑니다. 하지만 우리는 아이의 질병에 대해서 잘 이해하고 있지만, 반려동물의 질병에 대해서는 상대적으로 잘 이해하지 못합니다.

물론, 온라인에 수많은 자료가 있습니다. 하지만 대부분의 자료나 정보는 소위 '카더라'의 수준으로 진위 여부가 확인되지 않은 것들이 대부분입니다. 저도 그런 '카더라'를 믿고 뭉치를 대했다가 뭉치의 상태가 오히려 더 나빠졌던 적도 있습니다. 만약 잘못된 정보로 반려동물을 대한다면 그 피해는 고스란히 반려동물과 보호자가 감당해야 할 것입니다.

추천의 글

저자는 10년 이상 현장에서 근무한 임상
수의사로서 반려동물을 키우면서 알아야 할
필수 지식을 진솔하게 이 책에 풀어내었습니다.
읽는 내내 반려동물에 대한 저자의 사랑이
느껴졌습니다. 일독하시어, 올바른 정보를
가지고 사랑하는 반려동물과 행복한 생활을
하시길 바랍니다.

『부의 통찰』 저자, 부아c

수의사, 반려동물, 그리고
보호자는 한 팀입니다

반려동물을 키우는 가정이 점점 늘고 있습니다.
개, 고양이가 가장 흔하고 이들을 가정에서
키울 때 '반려견', '반려묘'라 부릅니다. 저는
동물병원에서 임상수의사로 10년 이상 일하며
다양한 경험을 하고 많은 보호자를 만났습니다.
그 과정에서 보호자가 주로 궁금해하는 질문이
있었습니다. 공통적인 애로사항을 호소하는
것을 보았습니다.
반려동물을 처음 키우는 보호자는 상대적으로
궁금한 점이 더 많고 초반에 많이 어려워합니다.
궁금점과 애로 사항을 다니는 동물병원에

문의해 답을 얻을 수도 있겠지만 매번 그러기는 어렵습니다. 병원이 바빠 진료가 밀려 있는 상황이라면 더 쉽지 않겠죠. 받은 답변이 설명을 들을 때는 이해가 되고 계속 기억날 것 같지만 막상 집에 오면 금방 잊혀지는 경우도 다반사입니다.

인터넷 검색으로 원하는 정보를 얻을 수도 있습니다. 하지만 검색만으로 원하는 정보를 얻지 못하는 경우도 많고 정보의 출처가 수의사가 아니라면 신뢰성이나 정확성을 백 퍼센트 담보하지 못합니다.

그래서 임상수의사로서 축적된 경험과 수의학적 지식을 토대로 반려동물을 키우는데 유용한 내용을 요약하고 정리해봤습니다. 이것이 좋은 기회를 만나 책으로 세상에 나오게 되어 기쁩니다.

한가지 당부의 말씀을 드리면 책의 내용은 저의 주관적인 경험과 개인적인 수의학적 지식에 바탕을 둔 글로서 절대적이지 않습니다. 하나의 증상이나 질환에 대해서도 수의사마다

할퀴고 물려도 나는 수의사니까

서로 다른 생각이나 소견을 가질 수 있는 것이
임상이란 점을 참고해주세요.
이 책이 보호자가 반려동물을 보다 수월하고
올바르게, 그리고 건강하고 오래 키우는데
하나의 좋은 지침서로 잘 활용되길 바랍니다.

목차

수의사 Q&A

1. 수의사란 직업에 대해 간략히 소개해주세요.

수의사는 동물의 건강과 질병에 대한 전문적인 지식과 기술을 가진 전문가입니다. 동물의 진료, 예방, 보호 및 교육 등 다양한 업무를 수행하죠. 동물을 치료하고 보호하는 것을 중요하게 생각하며, 이를 위해 노력합니다. 수의사의 주요 역할은 다음과 같습니다.

진료: 동물의 건강상태를 평가하고, 질병을 진단하여 치료합니다.

예방: 동물들이 건강하게 지낼 수 있도록
　　　예방접종, 건강검진 등의 예방조치를
　　　취합니다.
보호: 동물의 복지와 안녕을 책임지며, 동물의
　　　권리를 보호합니다.
교육: 동물에 대한 지식과 인식을 확산시키기
　　　위해 교육활동을 합니다.

2. 수의사가 된 동기나 계기가 있으신가요?

아버지께서 동물을 많이 좋아하셨습니다. 그
덕분에 제가 어릴 때부터 개, 물고기, 새, 심지어
다람쥐까지 꽤 다양한 동물과 함께 지내며
자랐습니다. 당시 너무 어린 나이라 어떻게
다람쥐를 집에서 키우게 되었는지는 정확히
기억나지 않지만 아버지께서 손수 커다란 집을
만들어 주셨고 다람쥐가 먹이를 먹는 모습이
무척 귀여웠습니다. 아주 짧은 기간 키우다 어느
기관에 기증하셨습니다.

한 번은 제가 참새에게 장난으로 돌을 던졌는데

그만 다리에 맞아 다쳤습니다. 놀란 저는 새를
안고 급히 집으로 데려와 아버지께 보여드렸고
아버지께서 소독 등 간단한 처치를 하신 후
놓아주셨던 기억도 납니다. 이런 경험을 통해
자연스럽게 저는 동물과 친해졌고 좋아하게
되었습니다. 제가 수의사의 길을 선택하는
데에도 큰 영향을 받지 않았을까 생각합니다.

3. 수의사의 진로를 알고 싶습니다.

동물을 진료하는 '임상수의사'와 그렇지 않은
'비임상수의사'로 나눌 수 있습니다. 아무래도
동물병원에서 일하는 수의사가 가장 많다
보니 '수의사'라고 하면 가장 먼저 떠오르는 게
임상수의사입니다.

동물병원에서 개와 고양이를 위주로 진료를
보는 수의사를 '소동물 임상수의사', 소나 돼지
등 덩치가 큰 동물의 진료를 보는 수의사를
'대동물 임상수의사'라고 합니다. 동물원 수의사,
야생 동물 수의사, 말 수의사(마사회)도 있습니다.
비임상수의사는 공무원(검역원, 공항, 식약청,

가축위생연구소 등), 축산업체, 사료업체, 제약회사, 식료품가공업체, 연구원, 교육(대학) 등 다양한 곳에서 일합니다.

저는 사람들이 가장 많이 접하고 친근한 개와 고양이를 치료해주고 싶어 소동물 임상수의사를 목표로 공부했습니다. 대학에서 공부하는 동안 임상수의사가 제 적성에 맞는지 알기 위해, 실력을 미리 쌓기 위해 방학 때 선배님의 동물병원에 나가 수습생으로 체험을 했습니다. 큰 규모의 동물병원 생활도 체험하고자 전혀 연고가 없는 수도권의 대형동물병원에서 한 달 정도 배우기도 했습니다. 당시 처음으로 성인 한 명 누울 공간만 있는 고시원에서 지내며 생활했던 기억이 나네요. 지금 생각해 보면 열정과 의욕으로 충만한 시절이었습니다.

4. 임상 수의사가 되는 과정을 알고 싶어요.

우선 열심히 공부해 수의대에 진학해야겠죠? 수의대에 입학하면 예과 2년과 본과 4년, 총

6년의 학업을 마치고 수의사 국가고시(줄여서 국시라고 부릅니다)라는 시험을 봅니다. 이 시험에 합격하면 수의사 면허증을 발급받아 수의사로서 동물병원에서 일할 수 있습니다. 면허를 받고 바로 동물병원에서 일할 수도 있고 대학원에 진학해 석사나 박사 학위를 받아 내과, 외과, 영상의학과 등 자기만의 전공 분야를 살리는 방법도 있습니다. 참고로 아직 우리나라에서는 수의사 과정을 사람을 진료하는 의사처럼 인턴, 레지던트, 전문의로 나누지 않습니다. 일반적으로 동물병원에서 일하는 첫 1년을 인턴, 2년 차 때부터 진료수의사, 봉급수의사, 페이닥터(줄여서 페이닥)라 합니다. 저는 인턴 포함 진료수의사로 약 3년, 개인 동물병원 원장으로 10년 가까이 일했고 현재는 대형동물메디컬센터에서 근무하고 있습니다.

5. 동물병원에는 주로 어떤 동물들이 내원하나요?

고양이를 키우는 가정이 꾸준히 늘고 있는
추세이긴 하지만 아직까지는 개의 비율이
가장 높습니다(물론 동물병원마다 차이는 있습니다).
그 외 뱀이나 이구아나 같은 파충류, 햄스터,
기니피그, 새, 토끼, 거북이 등 특수동물이라
불리는 다양한 동물들도 종종 내원합니다.
최근에는 특수동물만 전문적으로 진료를 보는
동물병원도 증가하고 있습니다.

6. 특별히 기억에 남는 반려동물이 있나요?

많은 반려동물이 기억에 남지만 그중 두 마리의
개가 생각납니다. 하루는 제 손바닥만 한 작고
귀여운, '코기'라는 이름의 새끼 웰시코기가
많이 아파서 내원했습니다. 여러 검사를 통해
'파보바이러스 장염'으로 진단되었고 수혈
등 며칠간 집중 입원 처치를 통해 호전되어
퇴원했습니다. 그 후로도 계속 제 병원을
다녔지요.
코기가 병원에 올 때마다 손바닥만 했던 녀석이
포동포동 엉덩이가 매력적인 큰 성견이 되어

건강하게 잘 지내는 모습을 보며 늘 감회가
새롭고 흐뭇했습니다. 제게 임상수의사로서의
보람과 만족감을 꾸준히 느끼게 해 준 고마운
녀석입니다.

다른 하나는 첫 제왕절개 수술을 한 개입니다.
새벽에 응급 전화를 받고 서둘러 병원에 달려가
기본적인 상태 체크 후 수술을 진행했습니다.
새벽이라 직원이 없었기에 보호자가 새끼를
받아 타월로 문지르고 잘 울도록 열심히
도와주셨습니다. 다행히 어미도 무사하고
새끼들도 모두 우렁차게 잘 울었습니다. 그때의
희열과 보람, 감동은 평생 잊을 수 없습니다.

7. 특별히 기억에 남는 보호자가 있나요?

많은 분 중에서 특히 두 분이 기억에 남습니다.
한 분은 소망이라는 말티즈의 보호자입니다.
소망이는 정말 착했습니다. 보호자도 너무나
온화하고 친절하셨고 늘 따뜻한 웃음으로
대해주셨지요. 언제나 사랑과 세심함으로
소망이를 돌봐주셨고 그래서인지 소망이는

크게 아픈 적이 없었답니다. 새해가 되면 훌륭한
장인의 솜씨가 담긴 근사한 달력을 선물해
주셨던 기억이 납니다.

또 한 분은 고양이 두 마리를 키우셨던 똘이네
보호자입니다. 똘이라는 스코티쉬폴드
고양이가 어린 나이임에도 불구하고 비대성
심근병증(HCM)과 스코티쉬폴드의 고질적인
유전병, 골연골이형성증을 앓아 꾸준히 관리를
받았습니다. 항상 제 말씀을 경청해 주셨고 제가
설명하고 안내해 드리는 것은 하나도 빠짐없이
다 잘 따라와 주셨습니다.

임상수의사가 직업적 보람을 느낄 때 중 하나가
열심히 최선을 다해 설명하고 권유해 드리는
것을 보호자가 잘 받아주고 따라와 줄 때입니다.
그러면 내원한 동물의 예후도 당연히 좋습니다.
보호자의 그러한 노력 덕분에 똘이는 병원에
다니는 동안 큰 임상 증상 없이 병의 진행도
빠르지 않게 잘 유지 관리되었답니다.

라포르(rapport, 라뽀)는 두 사람 사이의 상호
신뢰관계를 나타내는 심리학 용어인데 두

보호자와 저 사이에 끈끈한 라포르가 형성되어
있었기에 제 기억에 더 오래 남아 있는 것
같습니다.

8. 임상수의사로서 일하며 보람을 느낄 때는 언제인가요?

상태가 심각했던 반려동물이 잘 치료받고
건강한 모습으로 퇴원할 때, 보호자가 나를
신뢰하여 오랫동안 믿고 진료를 맡길 때,
보호자가 동물에 대한 나의 진심을 알아줄 때
소위 일할 맛이 납니다.

9. 진료를 볼 때 애로 사항은 무엇인가요?

반려동물은 사람과 대화가 통하지 않다 보니
여기서 많은 애로사항들이 발생합니다. 자신의
아픈 상태를 체크하기 위해 신체검사와 함께
다양한 검사를 실시해야 하는데 수의사의
마음을 몰라주고 완강히 거부하거나 강하게
공격을 하는 경우가 많습니다.
입원 처치를 할 때도 마찬가지입니다. 상태가

위중해 입원을 하고 집중 치료를 받아야 하는
상황에서 주사 처치나 경구를 통한 약물 투여,
각종 시술 등을 거부하고 공격하는 경우도
흔합니다. 많이 안타깝죠.

이런 반응이 심한 반려동물은 수의사가 해줄
수 있는 게 제한적이거나 거의 없기 때문에,
그리고 스트레스로 인해 입원 처치가 오히려
독이 될 수 있기 때문에 어쩔 수 없이 조기
퇴원을 시키기도 합니다. 만화나 공상 과학에
나올 법한 얘기지만 가끔은 반려동물과 사람이
서로 대화가 통하면 참 좋겠다는 상상을 하곤
합니다. 그럼 반려동물이 수의사의 마음과
의도를 알고 진료와 치료에 마음을 활짝 열어 잘
협조해 줄 텐데 말이죠. 워낙 과학 기술의 발달
속도가 빠르다 보니 전혀 불가능한 일은 아니라
생각하고 살짝 기대를 해봅니다.

10. 임상수의사로서 일하며 어떤 고충이 있으신가요?

아픈 반려동물이 원하는 만큼, 예상하고

기대하는 만큼 호전이 되지 않을 때 마음이
무겁습니다. 좀 더 검사와 치료를 적극적으로
하면 호전 가능성이 있는데 보호자가 검사 및
치료 의지가 없거나 거부할 때 안타까움과
먹먹함, 무력감을 느낍니다. 안락사를 진행할
때, 특히 오래 봐 온 동물일수록 심적으로 많이
괴롭고 힘듭니다.

공격성이 강한 동물을 진료할 때는 에너지가
많이 소모됩니다. 최대한 조심을 하지만
물리거나 할퀴는 일이 왕왕 있습니다.

마지막으로 종종 이해하기 힘든 보호자의
인식과 태도가 임상수의사를 가장 힘들게 하지
않을까 생각합니다. 예를 들어 이런 분들이
계십니다.

사료를 구매하고 가셔서 며칠 먹이시다 어느 날
오셔서 잘 먹지 않는다며 환불을 요청하시는
분, 다른 병원은 A수술비가 얼마 하더라,
그러니 여기도 그 가격으로 깎아서 해달라고
하시는 분, 사전에 충분히 필요한 검사와
비용을 안내해 드렸음에도 불구하고 수납

시 왜 이렇게 비싸냐고 말씀하시는 분, 사람
병원도 이렇게 안 비싼데 동물 주제에 비용이 왜
이렇게 많이 나왔냐고 하시는 분, 응급 상황으로
내원하여 심폐소생술을 실시했으나 동물은
끝내 사망하여 수납할 때 살리지도 못했는데
왜 비용을 받냐고 말씀하시는 분, 수의사의
말보다 전혀 근거가 없거나 거짓되고 왜곡된
정보를 더 신뢰하시는 분, 수의사를 그저 돈만
밝히는 사람으로 취급하는 분, 검사를 덜 하거나
진료비가 싸면 유능하고 양심 있는 수의사,
상대적으로 검사를 많이 하거나 진료비가 많이
나오면 과잉 진료하고 돈만 밝히는 수의사라고
생각하는 분, 유기 동물을 무료로 진료해
주지 않으면 동물을 사랑하지 않는 파렴치한
수의사로 매도하는 분 등 다양하죠.
동물병원도 일종의 서비스업이다 보니 감정
노동, 감정 소모가 심한 편입니다. 유리 멘탈의
소유자는 마음의 상처를 받기 쉽고 빨리 지칠
수밖에 없어요. 이 일을 오래 하려면 건강한
멘탈, 강한 멘탈을 유지하기 위해 부단히

노력해야 한답니다.

11. 일을 그만두고 싶은 적은 없으셨나요?

크게 두 번 정도 있었습니다. 한 번은 인턴을 할
때였습니다. 동물병원에서 일을 한 지 얼마되지
않아 경험이 부족하니 당연히 서툴고 미숙하고
실수도 할 수 있는 시기였죠. 처음부터 능숙
능란하게 잘하는 사람이 어디 있나요. 하지만
당시 전 그런 제 자신을 인정하지 못하고 온전히
받아들이지 못했습니다. 내가 세상에서 가장
못났고 임상수의사의 일은 내 체질과 적성에
맞지 않다고 생각했죠. 결국 중도에 포기하고
잠시 다른 길(제약회사)로 외도를 했다가 다시 이
길로 돌아왔습니다.

또 한 번은 제 동물병원을 하면서였습니다.
요즘에는 임상수의사도 주 5일 근무가
많은 편인데요, 수의사가 여러 명 근무하는
중대형병원이 많이 생겨 서로 돌아가며 쉴 수
있어 예전에 비해 삶의 질이 높아졌죠.
제가 동물병원을 개원할 당시엔 대부분의

동물병원이 원장 수의사 1명, 미용사 1명, 수의테크니션 1명, 주 6일 근무의 구조였습니다. 저 역시 그러한 동물병원 형태로 약 10년 가까이 일했습니다. 보통 일요일 하루를 쉬었죠. 개원 초반 몇 년은 퇴근 후에도 응급 전화를 받을 수 있게 병원 전화를 제 휴대폰으로 돌려놨습니다. 그렇게 밤이든 새벽이든 응급 진료를 봤습니다. 나중엔 퇴근 후의 삶이 사라짐을 느끼고 일과 후 응급 진료는 주위 24시간 병원으로 안내해 드렸습니다. 열심히 일한다는 명분 아래 휴가다운 휴가도 가보지 못했습니다. 가족에게 참 미안했어요.

게다가 전 일과 일상(삶)의 분리를 잘하지 못했습니다. 제 성격 탓도 있겠지만 직업적 특수성도 한몫을 했다고 생각합니다. 예컨대 아픈 환자가 왔습니다. 필요한 검사와 치료를 해주고 환자는 보호자과 함께 집으로 갑니다. 저도 퇴근 후 집으로 옵니다. 그런데 집에 와서도 그 환자 생각이 계속 납니다. '잘 나을까', '내일은 상태가 좋아질까', '상태가 나빠지면

어떤 검사와 치료를 더 해줄까' 등. 만약 환자의
상태가 위중하면 더 몰입했습니다. 비록 몸은
집에 와 있지만 밥을 먹으면서도 아이들과
놀면서도, 다른 일상생활을 하면서도 계속
환자의 잔상, 환자에 대한 염려와 걱정에
사로잡혀 있었습니다. 이런데 정상적인
일상생활을 기대하기가 어렵겠죠. 만성 피로는
저의 절친이었고 삶의 질이 현저히 떨어지는
것은 물론이며 심신이 많이 지쳐갔습니다. 결국
몇 차례 번아웃이 왔습니다. 심각한 의욕 저하,
무기력, 무력감, 졸림, 우울감 등 다양한 이상
증상을 보였습니다. 기간도 오래 지속되더군요.
지금 생각해 보면 어떤 식으로든 삶의 형태에
변화를 주거나 전문가의 도움을 받았어야
했는데 당시 전 그저 꾸역꾸역 하루하루를
보냈습니다. 그릇된 자존심이었는지 아님
그마저 실행할 의욕이나 용기가 없었던 건지
모르겠네요. 그나마 큰 탈이 나지 않은 게
천만다행이라 생각합니다. 다행히 지금은 일과
일상을 어느 정도 분리할 수 있는 형태로 근무를

수의사 Q&A

하고 있습니다.

직장에 다니는 분들은 공감을 하실 겁니다. 일과
시간에 마무리하지 못한 업무, 잔업을 챙겨 퇴근
후 집에서도 일을 하는 날들. 퇴근 후 업무와
관련된 생각으로 일과 삶이 완벽히 분리되지
않는 날들. 게다가 주말도 예외가 없는.
제가 겪어 보니 이는 사람을 갉아먹고 피폐하게
만듭니다. 부득이하게 일주일에 하루나 이틀
정도면 모를까 매일 그러한 삶을 산다면 언젠가
몸과 마음에 큰 탈이 납니다. 반드시 일과
일상이 분리된 삶을 사시길 바랍니다. 그래야
오래 건강하게 일할 수 있고 일상도 일도 나도
모두 지킬 수 있습니다.

저는 잠시 쉬는 기간을 가진 후 다시 복귀할
수 있었습니다. 때론 자신을 위한 휴식 시간이
꼭 필요합니다. 남들보다 뒤쳐질까 봐 그러지
못하는 분들도 많으시리라 생각합니다. 하지만
휴식과 일의 균형이 맞아야 롱런할 수 있어요.
휴식은 일을 더 열심히 효율적으로 하기
위한 재충전의 시간입니다. 결코 의미 없거나

허비되는 시간이 아니라는 점을 기억해 주세요.

12. 임상수의사로서 일하는 게 결코 만만한 일이 아니군요?

네, 그렇습니다. 최근 약 2년 전의 내용이긴 하지만 수의사의 자살률에 관한 자료를 봤습니다.

아마 지금도 그때와 비교했을 때 내용이 크게 다르지 않을 거라 생각해요. 자료에 따르면 미국에서 수의사는 자살률이 높은 직업입니다. 일반인이나 다른 의료계 종사자(의사, 간호사)에 비해 더 높습니다. 꾸준히 상위 랭킹을 유지하고 있죠.

그 이유로는 첫째, 동정피로 때문입니다. 동정피로(Compassion Fatigue, 공감피로)는 다른 사람의 고통을 이해하고 공감하는 능력이 고갈되어 생기는 정신적, 감정적 피로 상태를 의미합니다. 일반적으로 의료, 심리, 사회복지, 구호활동 등 다양한 분야에서 일하는 전문직 종사자들이나, 가족 구성원 중 장기간 질병이나

장애를 가진 사람을 돌보는 가족 등이 자주
겪습니다.

동정피로는 자신이 돌봐야 할 사람이나
동물에 대한 감정적인 부담으로 인해 발생할
수 있습니다. 다른 사람의 고통을 지켜보면서
감정적으로 소모되는 것이 원인입니다. 이러한
상태는 업무 능률의 저하나 감정적, 신체적
질환이나 우울증, 무기력증, 불면증 등의 증상을
유발할 수 있습니다.

수의사는 아프고 불쌍한 반려동물, 안타까운
사연의 반려동물을 일상적으로 접합니다.
그때마다 불쌍함, 안타까움, 동정심이 생기고
이는 감정 소모와 정신적 피로도의 증가로
이어집니다. 충분히 살릴 수 있는데 보호자로
인해 살리지 못하거나 치료하지 못할 때,
안락사, 치료에 최선을 다했음에도 불구하고
당신이 죽였다고 말하는 보호자들. 이런
상황들이 계속 쌓이다 보면 결국 감정이 바닥나
좌절감, 우울감 등 심리적 불안과 고통을
겪습니다.

둘째, 수의사는 도덕적 책임을 미루기 좋은 대상이 됩니다. 수의사에게는 이상할 정도로 높은 숭고함과 도덕적 기준이 요구됩니다. 보호자가 돈이 없어 치료를 못하는 상황에서 "당신이 돈을 받지 않으면 되는데 돈에 눈이 멀어서 우리 개가 죽는 거다."라고 말을 하는 보호자.

이런 식으로 보호자의 책임을 수의사에게 전가하는 상황이 종종 벌어집니다. 유기동물은 당연히 공짜로 치료해줘야 한다고 생각하는 보호자도 많습니다. 수의사는 동물을 사랑하니까 당연히 무료로 치료해줘야 한다고 생각하죠. 그것에 동의하지 않으면 "수의사면서 동물보다 돈이 더 중요하냐.", "생명보다 돈이 더 중요하냐."라고 말하십니다. 상식과 논리가 통하지 않을 때 수의사들은 심한 정신적 스트레스와 충격을 받습니다.

셋째, 다른 전문직에 비해 낮은 소득입니다. 수의사의 소득은 다른 전문직과 비교해 같은 노력, 학비, 시간 투자 대비 절반에서 3분의

1정도 수준입니다. 여기서 상대적 박탈감과 허탈감을 느낄 수 있습니다. 미국 수의사 6명 중 1명이 자살을 생각해 봤을 정도로 수의사는 정신적인 부담과 스트레스가 많은 직업으로 보입니다. 수의사 자신이 스트레스와 체력 관리를 잘해야 하는 것이 우선이겠지만, 보호자들도 수의사에게 좀 더 따뜻한 시선을 가지고 친절을 베풀어 주셨으면 좋겠습니다. 수의사와 보호자는 한 팀입니다. 좋은 팀워크는 반려동물에게 오랫동안 건강한 삶을 선물해 줍니다.

13. 임상수의사에게 가장 필요한 자질은 무엇이라고 생각하나요?

생명을 다루는 일이다 보니 생명을 존중하는 태도가 중요합니다. 아픈 동물을 보면 불쌍하고 안타깝게 여기는 측은지심 같은 것이죠. 어느 동물이든 차별 없이 사랑하고 동등하게 대해줘야 합니다.

보호자와의 교감도 중요합니다. 이런 말이

할퀴고 물려도 나는 수의사니까

있습니다.

"수의사는 아픈 동물을 치료하기도 하지만 그것 못지않게 아픈 보호자의 마음도 들여다보고 치유할 수 있어야 훌륭한 수의사다."

동물병원은 소아과와 비슷한 점이 있습니다. 특히 나이가 아주 어려 자기의 생각과 의견을 표현할 수 없는 영유아와 부모가 소아청소년과를 내원했을 때와 많이 닮아있습니다. 상상을 해봅시다. 어린 자녀가 많이 아픕니다. 그런데 어디가 어떻게 얼마나 아픈지 부모에게 표현할 수 없습니다. 부모의 심정은 어떨까요? 답답한 것은 물론 아이의 상태를 종잡을 수 없으니 당황스럽고 큰 불안과 걱정에 휩싸입니다. 이때 훌륭한 의사는 아픈 아이의 진료를 봄과 동시에 놀란 부모의 마음을 진정시켜 주는 것도 잊지 않습니다.

동물병원도 마찬가지입니다. 반려동물은 전혀 말을 할 수 없으니까요. 반려동물이 아픈 데 어디가 어떻게 얼마나 아픈지 알 수가 없으니 보호자의 심리 상태는 불안과 걱정으로 가득

차 있습니다. 이때 아픈 반려동물을 정성스럽게
진료를 봐주는 것뿐만 아니라 놀란 보호자의
마음도 달래 드리고 공감하고 헤아려주고
어루만져 줄 수 있어야 합니다.

한편 반려동물이 무지개다리를 건넜을
때(사망) '펫로스 증후군(Pet Loss Syndrome)'으로
많이 힘들어하는 보호자도 있습니다. 펫로스
증후군이란 반려동물을 잃은 사람이 겪는
감정적인 스트레스 반응을 의미합니다. 이는
반려동물의 사망이나 잃어버림 등으로 인해
생기는 증후군으로, 심리적인 충격과 아픔, 슬픔,
무력감, 분노, 우울증, 수면장애 등의 감정적인
변화를 일으킵니다.

반려동물은 사람들에게 큰 위로와 안정감을
줄 수 있는 존재이며, 많은 사람들이
반려동물과 깊은 정서적인 연결을 가지고
있습니다. 그러므로 반려동물을 잃는 것은
매우 고통스러운 일입니다. 특히 오랜 시간
함께 지내고 특별한 관계를 가진 경우, 이별과
죽음으로 인한 상실감이 매우 커집니다.

할퀴고 물려도 나는 수의사니까

펫로스 증후군은 정상적인 우울증과 유사한
증상을 보일 수 있으므로, 적절한 대처가
필요합니다. 직접적인 대화나 심리상담 등의
방법으로 스트레스를 해소할 수 있으며,
일상생활에서 차차 적응하고, 슬픔을 표현하고
스트레스를 해소할 수 있는 방법을 찾는 것이
중요합니다.

수의사는 펫로스 증후군을 겪고 있는
보호자에게 조언과 위로를 해드릴 수
있습니다. 그동안 반려동물에게 해주지 못한
것들, 아쉬움과 후회를 곱씹지 마시고 많이
사랑하고 좋은 추억을 만들었던 행복한 기억만
떠올리시라 말씀드려요.

평생 공부하는 자세도 필요합니다. 의학이
꾸준히 발전하고 업데이트되듯이 수의학도
마찬가지입니다. 예전에 맞았다고 여겨진
사실이 지금은 아니라고 밝혀지거나,
예전엔 어렵거나 불가능했던 수술이 지금은
가능해지거나, 예전에 없던 약물이 새롭게
개발되어 나오거나, 치료에 쓰이는 약물의

적응증이나 용량이 변하기도 합니다. 계속
변화하는 수의학적 지식과 최신 동향을 놓치지
않으려면 평생 공부는 필수입니다. 매일 전공
서적을 통해 공부하고 각종 세미나, 웨비나,
학회, 스터디 그룹에도 참석해 역량을 키웁니다.
대부분의 수의사들은 항상 열심히 공부하고
치열하게 산답니다.

14. 임상수의사의 매력은 무엇인가요?

매일 하루하루가 말 그대로 변화무쌍,
다이내믹합니다. 지루할 틈이 없습니다.
다양한 반려동물이 다양한 증상으로 내원하기
때문이죠. 사람은 성취감과 보람을 느낄 때
자존감과 삶의 만족도가 높아진다고 합니다.
그런 측면에서 임상수의사는 어느 직업보다 큰
성취감과 높은 자존감을 얻을 수 있습니다.
만성 피부병으로 오랜 기간 심한 가려움과 피부
트러블, 탈모로 고생하던 반려동물이 치료를 잘
받아 가려움도 해소되고 건강한 피부와 윤기
나는 털을 가진 모습을 볼 때, 발작으로 내원한

할퀴고 물려도 나는 수의사니까

반려동물이 적절한 응급 처치 후 꾸준한 약물 관리를 통해 오래 동안 건강하게 잘 지내는 모습을 볼 때, 자궁축농증으로 생사의 기로에 놓여 있는 반려동물에게 수술을 통해 새로운 삶을 선물했을 때 등등 수많은 케이스를 통해 수의사로서 자긍심과 자부심, 사명감을 느낄 수 있습니다.

15. 임상수의사로 일하면서 아쉬웠던 점은 무엇인가요?

좀 더 다양한 경험을 해보지 못한 것이 아쉽습니다. 더 다양한 동물병원에서 일을 해볼 걸, 대학원에 진학해 더 깊이 공부해볼 걸, 세계 여러 나라에서 동물 관련 자원봉사도 해볼 걸. 사람은 누구나 자신이 가보지 못한 길에 대한 아쉬움을 느낍니다. 저 또한 제가 해보지 못한 일에 대해 아쉬움이 남습니다.
후배님들에게 드리고 싶은 말이 하나 있어요. 동기들이나 남들에 비해 몇 년 늦는다고 해서 인생에 절대 큰일이 나지 않습니다. 젊을 때

해보고 싶은 일, 하고 싶은 경험을 최대한 많이 해보세요. 경험이 다양할수록 훗날 자신에게 큰 무기가 됩니다. 당시엔 '이거 하면 너무 돌아가는 거 아닌가?', '이게 내가 가능하겠어?', '이거 해봤자 내게 도움이 되겠어?'라는 생각이 든다면 그래도 일단 해보세요. 해보는 것과 해보지 않는 것은 하늘과 땅 차이입니다. 스티브 잡스가 말했던 "Connecting the dots." 당시엔 필요 없거나 의미 없다고 생각되는 일이 하나의 점들이 되어 나중에 그 점들을 연결하면 하나의 근사한 선이 만들어집니다. 수많은 점을 만들어보시길 바랍니다.

16. 임상수의사를 꿈꾸는 분들에게 하고 싶은 말이 있으시다면?

단순히 동물을 사랑하는 마음 하나만으로는 이 일을 오래 하기 어렵습니다. 이것 외에 요구되고 고려해야 할 것들이 있어요. 기본적으로 비위도 좋아야 하고 담대함이 필요합니다. 다친 동물의 상처에서, 수술 중 수술 부위에서 피를 보게

되는데 피를 무서워하면 안 되겠죠. 종종 차마 눈뜨고 보기 어려울 정도로 심하게 다친 모습도 봐야 하고 상처 부위에서 움직이는 수많은 구더기들을 처리해야 하는 순간도 있습니다.
자신의 적성과 체질에 맞는지, 임상수의사의 생활 패턴이나 라이프 스타일이 감당 가능한지도 잘 따져봐야 합니다. 만약 동물병원을 개원할 계획이 있다면 사업과 경영에 대한 역량도 중요합니다.
끝으로 책임감, 사명감이 필요합니다.
이러한 현실적인 부분들을 깊게 생각하고 결정해야 나중에 후회하거나 실패할 가능성이 줄어듭니다.

17. 반려동물을 키우는 보호자들에게 하고 싶은 말이 있으시다면?

많이 있지만 꼭 하나만 꼽으라면 진료를 볼 때 수의사에게 진실만을 말해주시길 당부드려요.
간혹 자신의 책임을 숨기기 위해 진실을 말하지 않거나 거짓된 정보를 주는 보호자가 있습니다.

예를 들어 구토로 내원한 환자에게 어제 무엇을 먹었는지 질문을 했을 때 족발이나 양념 치킨을 준 사실은 빼고 다른 음식만 말씀을 하는 경우죠.

환자에게 정확한 진단이 내려져야 그에 맞는 적절한 치료를 할 수 있습니다. 하지만 보호자가 거짓 정보를 제공하거나 일부 누락된 정보를 제공한다면 부정확한 진단이 내려져 적절한 치료를 실시할 수 없게 됩니다. 이는 곧 환자와 보호자 모두에게 큰 위험이고 손해입니다. 꼭 수의사에게 최대한 알고 있는 모든 정보와 사실을 제공해 주세요.

18. 현재 같이 근무하는 동료들에게 하고 싶은 말이 있으시다면?

현재 같이 일하는 수의사, 스태프 모두 온 사랑을 다해 반려동물을 치료하고 돌봅니다. 늘 진심으로 반려동물을 대하는 모습을 보며 요즘 말로 찐 중에 찐임을 느낀답니다. 가끔 양손에 훈장처럼 새겨진 상처와 흉터들을 보면 마음이

짠해져요. 모두에게 감사하단 말씀을 꼭 드리고
싶습니다.

19. 끝으로 앞으로의 꿈이 나 계획이
있으시다면?

하나는 임상수의사로서 오랫동안 반려동물과
보호자에게 도움을 드리고 싶습니다.
동물병원에 내원하는 아픈 동물을 잘 돌보고
치료해 주는 것은 물론, 앞서 말씀드렸듯이
보호자의 마음도 잘 살필 수 있는 수의사가 되고
싶어요.
또한 동물병원 밖에서도 임상수의사로서
세상에 기여할 수 있는 무언가를 하고 싶습니다.
예를 들면 지금 쓰고 있는 이 책처럼 말입니다.
내가 쓴 글이 책이 되어 세상에 나오고
사람들에게 읽히는 것은 참으로 벅차고 뜻깊은
일입니다.
욕심이 있다면 꾸준히 책을 내고
싶습니다. 수의학 관련 책뿐만 아니라
비수의학적인 책에도 도전해보고 싶어요.

임상수의사로서만이 아니라 평범한 한
사람으로서 많은 사람들에게 어떠한
측면으로든 도움을 주고 싶은 마음이 큽니다.
그러기 위해선 많은 노력을 기울여야겠지요.
꾸준히 다양한 책을 읽고 글을 쓰는 노력부터
하고 있답니다.

작년부터 블로그로 글쓰기를 시작해 올해는
브런치에도 글을 쓰기 시작했습니다. 운이 좋게
'여성시대'라는 라디오 프로그램에 제 사연이
소개되기도 했고, 최근에는 유명 잡지사에서
에세이 한 편을 청탁 받아 곧 실릴 예정입니다.
수의사 전용 플랫폼에서도 원고 청탁을 받아
칼럼란에 매주 제가 쓴 글이 연재되고 있습니다.
모두 꾸준히 글을 쓰다 보니 생긴 일입니다.
여러분도 무엇이든 꺾이지 않는 마음으로
꾸준히 해보시길 바랍니다.

사람이 행복하게 살아가기 위해서는 분명한
삶의 의미와 목적이 있어야 한다고 합니다. 저는
운 좋게 새로운 삶의 의미와 목적을 찾은 것
같네요. 감사합니다.

증상과 질환 Q&A

20. 반려동물도 암에 걸리나요?

네, 그렇습니다. 반려동물에게도 사람에게
있는 암은 거의 다 있다고 보시면 됩니다. 간암,
신장암, 피부암, 전립선암, 췌장암, 난소암,
고환암, 비장암 등 다양한 암이 있습니다.

21. 종양은 다 암인가요?

아닙니다. 종양은 혹, 종괴, 매스(mass)라고도
불리는데 크게 양성 종양과 악성 종양, 이렇게
두 개로 나눌 수 있습니다.
양성 종양은 쉽게 말해 사마귀나 티눈처럼

건강상에 큰 해가 되지 않는 종양입니다. 악성 종양은 다른 말로 암이라고도 하며, 각종 장기와 조직으로 전이도 될 수 있는 무서운 종양입니다. 양성 종양인지 악성 종양인지 알 수 있는 방법은 <처치와 검사와 관련된 Q&A 46번> 내용을 참고해주세요.

22. 반려동물이 종종 구토나 설사를 합니다. 왜 하는 건가요?

결론부터 말씀드리면 가능한 원인이 매우 다양합니다만, 크게 소화기 내 문제와 소화기 외 문제로 나눌 수 있습니다.

쉽게 말해 식도, 위, 소장, 대장 등 소화기에 문제가 생겨서 구토, 설사를 할 수도 있고 간이나 신장 등 소화기가 아닌 곳에 문제가 생겨도 구토, 설사를 할 수 있습니다.

전문용어로 구토와 설사를 가장 대표적인 '비특이적 증상'이라 표현합니다. 어디가 아파도 1차적으로 가장 흔하게 발생하는 증상이 구토와 설사이기 때문입니다. 따라서 검사 없이는 그

원인을 특정하기가 어렵습니다.

환자가 아픈 증상(임상 증상)을 보이면 가장 좋은
것은 수의사가 안내하는 필요한 검사들을
다 받으시는 겁니다. 정확한 진단과 치료를
위해서죠. 하지만 현실적으로 비용이나 시간
등 부담이 되신다면, '증상이 경미할 경우' 가장
기본적인 검사만 진행하거나 검사 없이 우선
간단한 대증처치만 받으시고 호전 여부를
살펴보는 것도 하나의 방법이 될 수 있습니다.
만약 빠른 시일 내에 호전이 되지 않거나 오히려
악화될 경우 지체 없이 병원에 내원해 필요한
검사들을 다 받으셔야 합니다. '증상이 경미하지
않을 경우'에는 미루지 마시고 '즉시' 필요한
검사들을 다 받으세요.

23. 반려동물도 발작을 하나요?

네, 반려동물도 짧게는 수 초에서 수 분, 길게는
수 시간까지도 발작할 수 있습니다. 발작의 지속
시간이 오래 될수록 환자의 예후는
급격히 나빠집니다. 발작을 보일 경우 즉시

동물병원에 내원하여 진찰(검사, 처치)을 받으세요.

24. 발작의 원인은 무엇인가요?

크게 뇌 안의 문제와 뇌 밖의 문제로 나눌 수
있습니다.

뇌 안의 문제란 쉽게 말해 뇌에 문제가 있는
경우입니다. 예컨대 뇌염, 뇌수막염, 뇌종양,
뇌수두증이 있습니다.

뇌 밖의 문제란 뇌가 아닌 다른 곳에 문제가
있는 경우입니다. 예컨대 심각한 간부전, 신부전,
저혈당증, 전해질 불균형이 있습니다.

모든 검사를 했지만 뇌 안과 밖 모두 별다른
문제가 없을 때도 있습니다. 이럴 때 '특발성
간질'이라고 합니다. 원인을 알 수 없거나
원인을 찾지 못한 경우입니다.

25. 발작을 하면 제가(보호자가) 무엇을
해줘야 하나요?

우선 혀가 입 안으로 말려 들어가 기도를 막아
호흡을 어려워하고 있다면 혀를 입 밖으로

꺼내어 줍니다. 이때 반려동물은 의식이 없는 상태라 무의식적으로 강하게 손을 물 수 있으니 조심하시고 무리하지는 마세요.

양측 눈을 지그시 압박해 눌러주면 증상 완화에 조금이나마 도움이 됩니다. 그 외에는 집에서 해줄 수 있는 것이 사실 없습니다. 최대한 빨리 동물병원에 내원하여 적절한 처치 및 검사를 받도록 합니다.

한 가지 권장 드리는 것은 반려동물이 발작을 할 경우 경황이 없고 많이 당황스럽겠지만, 최대한 침착하게 동영상을 찍어 기록을 남겨주세요. 왜냐하면 보호자는 환자가 발작을 했다고 말씀을 하셨는데, 막상 수의사가 동영상을 보니 발작이 아닌 다른 증상(기절, 실신 등)인 경우도 종종 있기 때문입니다.

발작과 기절, 실신은 전혀 다른 증상입니다. 최초에 증상의 출발점이 잘못 설정되면 엉뚱한 검사와 진단, 치료로 이어질 수 있습니다. 따라서 가능한 모든 임상 증상은 사진이나

동영상으로 기록을 남겨주세요. 진단과 치료에
많은 도움이 됩니다.

26. 반려동물이 아플 때 집에서 보호자가 하면 도움이 되는 일이 있을까요?

앞서 말씀드렸듯이 가능한 모든 임상 증상을
기록으로 남겨주세요. 동적인 증상(움직임 이상,
절뚝거림, 발작, 기침 등)은 동영상으로, 정적인
증상(구토물, 혈뇨, 설사, 피부 이상 등)은 사진으로 다
남겨주세요. 이러한 자료들은 정확한 진단을
내리는데 많은 도움이 됩니다. 정확한 증상을
토대로 정확한 진단이 내려져야 그에 맞는
적절한 처치와 치료가 이뤄질 수 있습니다.

27. 반려동물도 치매에 걸리나요?

'인지장애증후군(CDS)'이라 하여 사람의
치매와 유사한 질병이 있습니다. 주로 노화가
많이 진행된 노령견, 노령묘에 발생합니다.
가족을 잘 알아보지 못하거나, 대소변을 잘
가리지 못하거나, 잠을 잘 자지 못하거나, 계속

서성이거나 하는 다양한 행동학적 이상 증상을
보입니다.

최근엔 증상 완화 효과를 기대할 수 있는 약물도
나와 있어 혹시 반려동물이 인지장애증후군이
의심되거나 진단이 되었다면 담당 수의사에게
상담을 받아보세요.

28. 반려동물도 백내장, 녹내장에
걸리나요?

네, 반려동물도 백내장, 녹내장이 생길 수
있습니다. 원인과 증상은 매우 다양합니다.
안과 질환의 경우 간단하거나 가벼운 질환은
1차 동물병원(로컬병원)에서 진단 및 치료가
가능하지만, 증상이 심하거나 난이도 높은
치료(백내장 수술 등)가 요구될 경우 안과전문
동물병원과 2차 동물병원에서만 가능한 편이니
참고하세요.

29. 겨울에도 심장사상충 예방을 꼭
해야하나요?

심장사상충 감염의 매개체는 모기입니다.
아시다시피 겨울에도 집과 실내에서 모기를
어렵지 않게 봅니다. 따라서 연중 내내 거르는
달 없이 평생 심장사상충 예방을 해주시는 것이
기본 원칙입니다.

30. 고양이도 심장사상충 예방을 꼭 해야 하나요?

네, 반드시 해주셔야 합니다. 고양이는 개에
비해 상대적으로 심장사상충 감염 가능성이
낮은 편이지만 엄연히 감염이 됩니다. 실제로
저도 심장사상충에 감염된 고양이를 드물지
않게 봅니다.

개의 경우 심장사상충에 감염되었을 경우
심장사상충을 죽이는 약물 치료를 잘 받으면
대부분 완치가 가능합니다. 하지만 고양이는
해당 약물에 대한 부작용과 위험성이 커서
사용할 수가 없습니다. 따라서 고양이가
심장사상충에 감염이 되면 현재까지 특별한
치료법이 없습니다. 시간이 흘러 심장사상충이

자연적으로 사멸하기를 바라면서 기다리고, 그 기간 동안 발생하는 다양한 합병증이나 후유증, 임상 증상에 대해서만 대증처치를 해주는 식입니다.

다양한 합병증, 후유증, 임상 증상은 생명을 위협할 정도로 심각할 수 있습니다. 따라서 고양이는 심장사상충 예방을 더 잘 해주셔야 합니다.

31. 반려견에게 진드기 약을 발랐는데도 진드기가 붙었어요. 왜 그런가요? 약이 효과가 없는 건가요?

개에게 프론트라인과 같은 진드기(외부기생충)약을 발랐다고 해서 진드기가 전혀 달라붙지 않는 것이 아닙니다. 이것을 몸에 바름으로써 진드기가 달라붙었을 때 흡혈 후 빨리 죽어 개의 몸에서 떨어져 나가도록 하는 것이 목적입니다.

32. 반려견에게 붙은 진드기가 사람에게도 위험할 수 있나요?

네, 그렇습니다. '살인진드기'라 불리는
참진드기가 개를 매개체로 보호자의 몸에 붙어
물을 경우 중증열성혈소판감소증후군(SFTS)에
걸릴 수 있습니다. 이 질병은 생명을 위협하는
치명적인 질환입니다.

정기적으로(보통 월 1회인데 제품에 따라 상이함)
진드기 예방을 철저히 해주세요. 애초에
진드기가 많이 서식하는 잔디나 풀밭,
산에는 가급적 개를 데리고 가시지 않는
것이 안전합니다. 최근에는 진드기에 물리는
것 이외에도 감염된 사람이나 동물의 체액,
분비물 등을 통해서도 감염될 수 있다고 알려져
있습니다.

33. 반려견에게 구충제를 매달 먹여야
하나요?

개는 산책 시 흙, 모래 위를 걷고 합니다.
때로는 다른 개의 분변을 핥거나 먹는 등
비위생적인 상황에 많이 노출됩니다. 따라서
매월은 아니더라도 3개월에 한 번 정도는

내부기생충 감염 예방적 차원에서 구충제를
복용해 주시는 것이 좋습니다. (복용 주기는 수의사,
병원마다 약간의 차이가 날 수 있습니다)
만약 현재 내부기생충에 감염된 상태라면
보통 일정 기간 내에 구충제를 최소 2~3회
연속적으로 먹이는 것이 일반적이니 자세한
것은 담당 수의사와 상의해주세요.

34. 개, 고양이 백신(예방접종) 종류는 어떻게 되나요?

개의 예방 접종은 종합, 코로나장염, 전염성
기관기관지염(켄넬코프), 광견병, 개인플루엔자
이렇게 5가지입니다, 감염 시 반려견이
위험해질 수 있으므로 예외 없이 다 접종하도록
합니다. 특히 어리거나 면역력이 낮을수록
접종을 꼭 해주셔야 합니다.
고양이는 기본적으로 종합, 광견병
이 두 가지 예방접종을 실시합니다.
이외에도 수의사, 병원에 따라 FeLV/FIV,
고양이복막염(고양이코로나) 예방접종을 실시하는

병원도 있습니다.

35. 반려동물이 어릴 때 접종을 하면서 항체가 검사도 하던데 이건 왜 하나요?

보통 개는 어릴 때 기초 접종 시 종합백신을 기본 5회, 고양이는 종합백신을 기본 3회 접종합니다. 그런데 개체에 따라 해당 접종 횟수로 항체가 부족하게 형성되는 경우가 있습니다. 항체가 검사는 이것을 확인하기 위한 검사로, 항체를 어느 정도 보유하고 있는지 체크하는 검사입니다. 만약 항체가 부족하다고 나오면 검사 결과의 수치에 따라 적게는 1회, 많게는 2~3회 종합 백신을 추가로 접종하셔야 합니다.

36. 반려동물이 어릴 때 기초 접종을 다 맞았으면 이후엔 평생 접종 안 해도 되나요?

아닙니다. 이렇게 잘못 알고 계시는 보호자가 상당히 많습니다. 어릴 때 기초접종을 다

맞았다면 각 예방접종마다 마지막으로 맞은
날을 기준으로 연 1회 예방 접종을 계속
해주셔야 합니다. 이것을 추가접종(보강접종,
부스터접종)이라 합니다. 추가접종을 꾸준히
해줘야 혈중에 항체의 양이 충분히 유지되어
실제 바이러스에 감염되었을 때 적절한 방어
효과를 기대할 수 있습니다.

37. 반려동물을 키우면서 사람한테도 옮을 수 있는 질병들이 있나요?

네, 이를 '인수공통질환(인수공통감염병)'이라 하고
대표적인 질환은 아래와 같습니다.

1) 곰팡이성 피부 질환 중 하나인 피부사상균증
2) 개옴(강아지개선충증)
3) 광견병
4) 진드기가 매개체인 중증열성혈소판감소증후군

이 중 '피부사상균증'이라고 하는 피부 질환은
많이 흔합니다. 특히 반려동물의 연령이

어리거나 가정집이 아닌 펫샵에서 입양한
경우 더 흔하게 관찰됩니다. 이에 해당될 경우
의심되는 증상이 있다면 사람에게 옮기기 전에
가능한 빨리 동물병원에 내원하여 피부 진료를
받도록 하세요.

38. 감기 증상이 있는 반려동물에게 사람 감기약을 조금 먹여도 되나요?

보호자가 생각하는 '조금'이 반려동물에게는
'치사량'이 될 수 있습니다. 대표적으로 감기약
성분 중 '아세트아미노펜'은 소량으로도
반려동물이 섭취 시 사망할 수 있을 정도로
위험합니다. 절대 사람 약을 함부로 먹이지
마세요. 반려동물에게 처방되는 대부분의
약들은 수의학 약전에 나와 있는 용량, 용법,
횟수 등을 엄격히 지켜 처방됩니다.

39. 반려견에게 슬개골 탈구가 있다고 진단을 받았습니다. 슬개골 탈구 수술을 당장 꼭 해야 하나요?

슬개골(무릎골) 탈구의 수술 시기에 대해서는
수의사마다, 학술 자료마다 약간씩 차이가
있습니다. 최근 추세를 말씀을 드리면 보통
반려견(소형견)의 슬개골 탈구는 내측으로
발생하며, 탈구되는 정도에 따라 1단계에서
4단계로 구분합니다. 1단계가 가장 경미한 상태,
4단계가 가장 심한 상태죠.
일반적으로 1단계는 임상 증상(다리를 절거나 들고
다니는 파행, 통증)이 없거나 심하지 않다면 당장에
수술 보다 관리, 추적 관찰을 합니다. 하지만
1단계라도 임상 증상이 심하다면 빠른 수술이
권장됩니다. 2단계부터는 가능한 빨리 수술을
해주시는 것이 좋습니다.

40. 슬개골 탈구 수술을 하고도 재발이 될 수 있다고 하던데 그래도 수술을 해야 하나요?

수술 후 재발 가능성이 제로는 아닙니다. 하지만
수술이 잘 되었고 수술 후 관리, 재활이 잘
이뤄진다면 재발 가능성은 낮습니다. 재발이

두려워 수술을 하지 않는 것은 바람직하지
않다고 생각합니다. 수술이 필요한 상태에서
수술 시기가 늦어질수록 수술 난이도와 비용은
증가하고 예후는 나빠집니다.

41. 반려견의 슬개골 탈구가 양쪽 다
있습니다. 수술은 한 번에 진행하나요?
아니면 한 쪽씩 따로 진행을 하나요?

수의사, 병원마다 의견이 다를 수 있습니다. 한
번에 양측을 수술할 경우 전신 마취를 한 번만
하게 된다는 점, 중복되는 일부 비용을 절약할
수 있다는 점의 장점이 있습니다. 슬개골 탈구
정도와 무릎 상태, 나이, 건강 등을 고려해
수의사와 충분한 상담 후 결정합니다.

42. 중성화 수술을 꼭 해야 하나요?
수술을 해주자니 불쌍하단 마음이
듭니다.

반드시 해야 하는 수술이라고 말씀드리기는
어렵습니다. 중성화 수술을 해주는 것이 장점이

많아 반려동물의 새끼를 가질 계획이 없다면 가능한 빨리 해주시는 것을 권장합니다. 수술이 가능한 연령은 보통 생후 6개월령 전후입니다. 중성화 수술을 하지 않을 경우 생식기 질환이 걸릴 가능성이 높아지며 노령이 될수록 더 증가합니다. 수컷의 경우 고환, 전립선 관련 질환(고환 종양, 전립선 비대증), 암컷의 경우 난소, 자궁 관련 질환(난소 종양, 자궁축농증)이 대표적입니다.

이런 질환은 생명을 앗아갈 수 있는 위험한 질환입니다. 중성화 수술을 통해 질환 발생 가능성을 낮추거나 제로로 만들 수 있습니다. 암컷의 경우 어릴 때, 특히 첫 발정 이전에 중성화 수술을 하면 유선 종양의 발생율이 현저히 낮아집니다. 이외에도 발정 스트레스 감소, 영역 표시 덜하게 하기 등 다양한 이점이 있습니다.

중성화 수술을 하지 않은 반려동물은 성호르몬에 의해 각종 피부질환 발생률이 증가하고, 당뇨병 환자의 경우 당 조절이 잘 되지 않습니다.

사람과 반려동물은 같지 않습니다. 반려동물을
의인화하여 사람을 기준으로 잔인하고
불쌍하다 생각하는 것은 부적절합니다. 중성화
수술은 반려동물이 오래도록 건강하게 우리
곁에 함께 하기 위한 수술입니다.

43. 반려동물도 당뇨병이 생기나요?

네, 당뇨병이 생길 수 있습니다. 당뇨병이 있는
개는 보통 평생 인슐린 주사를 하루 1~2회
맞으며 관리가 필요합니다.

이와 달리 당뇨병이 있는 고양이는 인슐린 주사
등 치료를 잘 받으면 일정 기간 이후 인슐린
없이 지내는 경우가 개에 비해 상대적으로
많습니다.

44. 반려동물도 갑상선 호르몬 질환이 있나요?

네, 있습니다. 개는 갑상선기능저하증, 고양이는
갑상선기능항진증이 많습니다. 호르몬 검사로

진단이 가능하며 질환에 맞는 호르몬 약을
복용하게 됩니다. 갑상선기능항진증은 외과적
치료(절제 수술)와 방사선 치료도 가능합니다.

45. 반려동물이 심장병이 있습니다.
심장병 약은 평생 먹여야 하나요?

네, 그렇습니다. 대부분의 심장병 약은 평생
투약이 필요합니다. 아무리 바쁘시더라도
빠뜨리지 않고 잘 먹여주세요. 그래야 제대로 된
약의 효과를 기대할 수 있고 수의사가 약에 대한
효과 여부, 부작용을 정확히 파악해 적절한 약의
종류 및 용량, 횟수를 결정할 수 있습니다.
약을 먹는 목적은 심장병을 고치거나 낫게 하기
위함이 아닙니다. 심장병으로 인해 발생할 수
있는 여러 증상을 완화하고 합병증과 후유증을
감소시켜 삶의 질의 향상 및 남은 수명을
연장하기 위함입니다.

46. 반려동물이 재발성 발작(간질)
환자입니다. 발작약(항경련제)은 평생

먹여야 하나요?

네, 그렇습니다. 대부분의 발작약(항경련제)은 평생 투약이 필요합니다. 간혹 약의 용량을 서서히 줄이며(이를 '테이퍼링'이라 부릅니다.) 끊는 것을 시도해 볼 수 있습니다. 용량을 줄이면서 증상이 없고, 중단한 이후에도 증상이 없으면 계속 투약 없이 지내볼 수 있습니다.

하지만 용량을 줄이는 과정 또는 중단한 이후에 증상이 재발한다면 다시 약을 평생 먹어야 합니다. 이때 약의 용량을 줄이거나 중단하기 전보다 약에 대한 효과가 감소할 수 있습니다. 따라서 수의사와 심도 있는 상담 후 결정해야 합니다.

47. 반려동물이 만성신부전 환자입니다. 만성신부전 약은 평생 먹여야 하나요?

네, 그렇습니다. 만성신부전은 대표적인 신장병인데 대부분 평생 투약이 필요합니다. 심장병과 마찬가지로 약을 먹는 목적은 만성신부전을 고치거나 낫게 하기 위함이

아닙니다. 만성신부전으로 인해 발생할 수
있는 여러 증상을 완화하고 합병증, 후유증을
감소시켜 삶의 질의 향상 및 남은 수명을
연장하기 위함입니다.

48. 피부병 약을 받았습니다. 피부가 어느 정도 나은 것 같으면 중간에 그만 먹이는데 그래도 되나요? 처방받은 약을 꼭 다 먹여야 하나요? 약이 몸에 나쁘고 독할까 걱정됩니다.

피부 질환 중에서 흔한 것이 표재성
농피증(세균성 모낭염)이라 불리는 세균성 피부
질환입니다. 따라서 처방약에 항생제가 포함된
경우가 흔합니다.
이때 보호자가 약을 임의대로 중간에 그만
먹이게 될 경우 항생제에 내성이 생길 수 있고,
약에 대한 효과를 수의사가 정확하게 평가하기
어려워집니다. 안내받은 투약 기간을 잘 지켜서
투약해 주세요.

49. 반려동물에게 약을 먹인 후
침을 흘리거나 거품을 보였는데
괜찮은가요?

대부분의 약은 쓴 맛이 납니다. 쓴 맛으로
인해 투약 후 반려동물이 침을 많이 흘리거나
일시적으로 구역질, 구토를 할 수 있습니다.
대부분 이런 증상은 시간이 지나면 괜찮아지니
크게 염려하지 않으셔도 됩니다. 다만 증상이
너무 오래 지속되거나 심해지는 경향을 보이면
담당 수의사와 상의하시길 바랍니다.

50. 반려동물이 1살이 넘었는데 아직
유치가 남아있어요. 꼭 빼줘야 하나요?

네, 그렇습니다. 보통 반려동물은 생후 1년
이내에 완전하게 이갈이를 마칩니다. 1살이
지났음에도 불구하고 유치가 남아있는 것을
'잔존 유치'라 합니다. 이 부위는 치석이 잘 생겨
치은염과 치주염 같은 치주 질환 발생 가능성이
증가합니다. 치열에도 나쁜 영향을 끼치므로 꼭
발치해주세요. 참고로 발치는 1개를 하더라도

전신 마취가 필요합니다.

51. 반려견이 가끔 기침을 하는데 왜 그런가요?

다른 증상들과 마찬가지로 기침의 원인은
매우 다양합니다. 가장 대표적인 원인으로는
(만성)기관지염, 폐렴, 기관 허탈 또는 기관
협착, 기관기관지 연화증, 기관기관지 확장증,
심장사상충증, 심장병, 폐수종(폐부종) 등이
있습니다. 정확한 원인 및 진단을 위해서는
방사선 검사(흉부 x-ray)를 포함해 다양한 검사가
필요합니다.

52. 반려묘가 가끔 기침을 하는데 왜 그런가요?

개와 마찬가지로 기침의 원인은 다양합니다.
가장 대표적인 원인으로는 고양이 천식,
(만성)기관지염, 폐렴, 폐수종(폐부종), 기관기관지
연화증, 기관기관지 확장증 등이 있습니다.
정확한 원인 및 진단을 위해서는 방사선

검사(흉부 x-ray)를 포함해 다양한 검사가
필요합니다.

53. 반려견이 심장병이 있습니다. 동물병원에서 진료 후 약을 처방받아 먹이는 것 외에 제가 더 해줄 수 있는 것은 없나요? 심장병 환자는 어떤 것을 조심해야 하나요?

집에 산소를 공급해줄 수 있는 기계를 대여해
놓으시면 도움이 됩니다. 대여는 인터넷으로
검색하시면 쉽게 찾을 수 있습니다. 평소보다
호흡수가 빠르거나, 기침이 증가하거나, 혀가
파래지는 청색증을 보일 때 이용하시면 증상
완화에 도움이 됩니다. 하지만 즉시 동물병원에
내원하여 진찰을 받으시는 것이 가장
안전합니다.
심장병 환자가 조심해야 할 것은 무리한(급격한)
운동을 피하고, 더위를 조심하고, 흥분하지 않게
해주시는 것입니다. 심장병 환자들은 언제든
급사를 할 수 있는데 위에 언급 드린 것에

해당될 때 그 위험성이 더 증가합니다.

54. 슬개골 탈구 수술 후 관리는 어떻게 해주면 되나요?

보통 수술을 한 동물병원에서 수술 후 관리 및 재활에 관련해 상세히 안내를 해줍니다. 상세 내용은 병원마다 조금씩 다를 수 있어요. 일반적으로 수술 후 3~5일 정도는 입원 처치를 받습니다.

 퇴원 후 바로 무리한 산책(운동)을 하는 것은 위험합니다. 일정 기간이 지나야 가벼운 산책부터 가능하니 주의해주세요. 중요한 점은 점진적, 단계적으로 운동량을 조금씩 늘리는 것입니다. 병원에 따라 재활 치료를 병행하기도 하는데요. 침 치료, 레이저 치료, 수중 재활 운동 등이 있습니다.

55. 반려견이 중성화 수술을 했는데도 왜 마운팅을 하나요?

중성화 수술은 마운팅 행위를 없애고자 하는

수술이 아닙니다. 생식기 질환의 가능성을
줄이고자 하는 것이 가장 큰 목적입니다. 어린
연령(보통 생후 5~7개월령)에 중성화 수술을 할 경우
마운팅 행위가 줄어들거나 하지 않는 경우도
있으나 지속적으로 남는 경우도 있습니다.
마운팅은 성호르몬 때문으로만 하는 것이
아닙니다. 다양한 심리적, 행동학적 이유로 하게
됩니다. 여기에는 재미와 놀이, 서열과 기싸움
등이 포함됩니다.

56. 어린 반려견을 입양했는데 아직 대소변을 잘 가리지 못합니다. 대소변 훈련 시 야단쳐도 되나요?

개에게 대소변 훈련 시 혼을 내거나 체벌을 하게
되면 다양한 부작용이 생길 수 있습니다. 혼나지
않으려 대소변을 먹거나(식분증), 들키지 않으려
구석진 곳에 대소변을 보기도 합니다. 대소변
훈련 시 절대 야단치거나 체벌하지 마세요.
보호자가 원하는 곳에 대소변을 봤을 때 즉시
칭찬과 보상을 지속적을 해주세요. 여기서

'즉시'가 중요합니다. 즉시 칭찬과 보상을
해줘야 방금 적절한 곳에 대소변을 본 행동과
칭찬(보상)을 연결 지어 생각할 수 있습니다.
한마디로, '여기에 대소변을 보면 칭찬도 받고
맛있는 것도 먹는구나.'라고 각인되는 것이죠.
원치 않는 곳에 쌌을 경우 가능한 빨리 치우고
전용 탈취제로 냄새를 없애주세요. 그리고
노코멘트, 체벌 금지. 이것을 꾸준히 반복하면
대부분의 개는 대소변을 잘 가리게 됩니다.

처치와 검사 Q&A

57. 수액은 왜 맞춰야 하나요? 한번 맞추면 시간은 얼마나 걸리나요?

보통 반려동물이 아프면 탈수가 진행됩니다.
기본 5% 탈수부터 심하게는 10% 이상 탈수가
발생하죠. 따라서 탈수 교정은 아픈 동물들에게
행하는 기본적인 처치 중 하나이며 그것이 바로
'수액 처치' 입니다.

단순한 수분 공급을 넘어 부족한 전해질이나 당,
비타민과 같은 영양제도 수액과 함께 공급해줄
수 있습니다. 수액의 종류, 맞는 양, 속도, 시간은
환자의 상태와 상황에 따라 다릅니다.

수액은 보통 '카테터'라는 관을 통해 혈관으로
맞는 것이 일반적이며 환자의 상태나 상황에
따라 피하 수액을 맞는 경우도 비교적 흔합니다.
예를 들어 질병이 많이 진행된 만성 신부전
환자의 경우 혈관을 통해 맞는 수액뿐만 아니라
피하 수액을 주기적으로 맞기도 합니다.

58. 반려동물이 아프면 이런 저런 검사를 하자고 하는데 왜 해야 하나요?

검사를 하는 이유는 간단합니다. 최대한 환자의
상태를 정확하게 파악하고, 그에 맞는 진단을
내리기 위해서입니다. 진단이 정확하고 환자
상태를 정확히 알아야 그에 맞는 적절한 치료를
할 수 있습니다. 적절한 치료가 이뤄져야
환자에게 좋은 예후를 기대할 수 있죠.
예를 들어 수차례 구토를 한 환자가
내원했습니다. 구토의 원인은 매우 다양하기
때문에 정확한 진단을 위해서는 많은 검사가
지시됩니다. '지시된다'는 표현은 필요하다,
요구된다고 이해하시면 됩니다. 방사선(x-ray)

검사, 초음파 검사를 통해 소화기 내 이물이
있는 것이 확인되었고 내시경으로 이물을
제거한 후 잘 회복되었습니다.

만약 보호자가 이 환자에게 검사 없이
단순 처치(주사 처치, 내복약 처방)만 요청하여
실시되었다면 어떻게 되었을까요? 근본적인
원인인 소화기 내 이물이 해결되지 않았기에
환자의 상태는 급격히 나빠지거나 위험에 빠질
수 있습니다. 따라서 아주 경미한 증상을 보이는
경우를 제외하면 정확한 진단과 상태 파악,
그에 따른 적절한 치료를 위해 다양한 검사가
이뤄져야 합니다.

보통 검사는 다다익선입니다. 검사가 환자에게
무리가 되지 않고 비침습적, 비공격적이라면
많은 검사를 할수록 좋습니다. 검사를
많이 할수록 진단과 상태 파악의 정확도는
증가합니다. 다만 보호자의 경제적, 시간적
부담이라는 현실적인 부분도 중요한 문제이니
수의사와 충분한 상담 후 결정해주세요.

59. 각각의 검사들로 무엇을 알 수 있나요?

검사의 종류는 다양합니다. 우선 혈액 검사,
영상학적 검사(방사선 검사, 초음파 검사, CT, MRI 등),
소변 검사가 있습니다.

혈액 검사에는 혈구 검사, 혈청(혈장) 검사,
전해질 검사, 급성 염증 수치 검사(CRP, SAA),
췌장염 검사(cPLi, fPLi) 등이 있습니다. 혈구
검사는 적혈구, 백혈구, 혈소판의 수치를 본다고
이해하시면 되고 혈청(혈장) 검사는 단백질 수치,
간과 담도계 수치, 신장 수치, 혈당 수치 등
다양한 항목들을 확인할 수 있습니다. 전해질
검사는 칼륨, 나트륨, 염소의 수치를 확인합니다.
이 외에도 다양한 검사가 있습니다.

예를 들어 환자가 소변에 피가 보이는 혈뇨로
내원했습니다. 이 경우에는 가장 기본적으로
필요한 검사는 복부 방사선(x-ray)검사와 복부
초음파 검사, 소변 검사입니다. 여기서 특별한
진단이 나오지 않으면 혈액 검사 등 다른 검사를
추가로 실시합니다. 환자의 증상과 상태에 맞는
1차적인 검사들이 우선 이뤄지고 이후 필요에

처치와 검사 Q&A

따라 추가 검사가 이뤄지는 게 일반적입니다.

60. 검사할 때 무조건 마취를 하고 하나요?

아닙니다. 대부분의 검사는 마취 없이
이뤄집니다. 하지만 몇 가지 상황, 상태에서는
마취나 진정(가벼운 마취)이 필요합니다.
예를 들면 이렇습니다. 너무 공격성이 높아
마취나 진정 없이는 어떠한 체크나 검사도
불가능한 경우(사납게 공격하는 진돗개나 고양이),
검사 시 움직이면 위험할 수 있어 움직임을
최소화하기 위한 경우, CT 또는 MRI와 같이
움직임을 최소화한 상태에서 검사를 진행해야
정확한 검사 결과를 얻을 수 있는 경우(CT는
MRI에 비해 상대적으로 검사 시간이 짧은 편이라 간혹
무마취로 진행되는 경우도 있습니다)입니다.
반드시 보호자의 동의를 받고 마취(진정)가
이뤄지니 참고하세요.

61. 반려동물도 사람처럼 건강검진을 해야 하나요?

네, 그렇습니다. 사람도 일정 연령이 되면
건강 검진을 정기적으로 하듯이 반려동물도
정기적인 건강검진이 필요합니다. 건강검진의
목적은 크게 두 가지입니다.

첫째, 반려동물의 내재질환을 조기에 발견하기
위함입니다. 반려동물이 잘 먹고 잘 지낸다고
해서 반드시 아무런 질병이 없다고, 건강하다고
말할 수 없습니다. 질병이 있고 아픈 상태이지만
겉으로 드러나는 임상 증상이 항상 있는
것은 아니기 때문입니다. 질환은 있지만
무증상이거나 보호자가 눈치채기 어려울
정도로 증상이 경미한 경우도 많습니다. 사람의
췌장암이 '소리 없는 암살자'라고 불리는 이유가
뭘까요? 별다른 아픈 증상을 못 느껴 이미
질환이 많이 진행된 상태에서 우연히 발견되는
경우가 많기 때문입니다.

이처럼 반려동물도 특정 질병 또는 질병 초기
단계에서는 별다른 임상 증상이 없는 경우가
있기 때문에 정기적인 건강검진을 통해 그러한
질병을 조기에 발견해주세요. 빨리 발견해서

치료하면 예후가 더 좋습니다.

둘째, 반려동물이 예전부터 앓고 있는 질병이 있다면 진행 정도와 각종 합병증 여부를 확인할 수 있습니다.

62. 건강검진은 언제부터, 몇 년에 한 번씩 해주면 되나요?

빠르면 2~3세부터 건강검진을 시작하는 것을 권장하며 주기는 보통 1년 단위가 적절합니다. 아시다시피 사람의 1년이란 시간과 반려동물의 1년이란 시간은 같지 않습니다. 나이를 비교하는 여러 공식이 있지만 쉽게 비교하자면 반려동물의 1년이 사람의 약 5~7년에 해당한다고 보시면 됩니다. 따라서 '1년 주기는 너무 짧은 거 아니야?'라고 생각하지 않으시길 바랍니다.

만약 1년이란 주기가 비용적, 시간적으로 부담이 되시면 반려동물이 특별한 지병이 없고 비교적 건강한 상태일 경우 7세 이하는 2~3년에 한 번씩이라도 건강검진을 해주세요. 다만

7세부터는 반려동물이 노령에 진입하는 시기라
연 1회 건강검진을 꼭 해주시길 바랍니다.
노령견, 노령묘는 상대적으로 각종 질병에 걸릴
확률이 증가하기 때문입니다.

63. 건강검진 시 어떤 검사들을 받게 되나요?

딱히 정해진 것은 없습니다. 병원마다,
반려동물의 나이와 건강 상태에 따라 권장되는
검사의 종류는 다를 수 있습니다. 일반적으로
혈액 검사, 영상학적 검사(방사선 검사, 초음파 검사),
소변 검사가 가장 기본입니다. 그 외 반려동물의
연령이나 건강 상태, 앓고 있는 질병 여부에
따라 각종 검사가 추가됩니다.
추가 검사로는 췌장염 검사, 신장 관련
검사(SDMA), 단백뇨 검사, 혈압, 심장병 관련
검사(심초음파, pro-bnp 검사 등), 각종 호르몬
검사(부신 호르몬 관련 검사, 갑상선 호르몬 관련 검사
등), 눈 검사(안압 검사 등), 심장사상충 검사 등이
있습니다.

처치와 검사 Q&A

64. 안락사는 보호자가 요청하면 언제든 가능한가요?

안락사의 기준과 조건은 병원마다, 수의사마다 다릅니다. 수의사 개인의 가치관, 철학, 주관적 판단도 영향을 미칩니다. 보호자가 안락사를 요청하셨다 하더라도 담당 수의사, 병원에서 안락사의 기준에 충족되지 않는다고 판단하면 안락사를 실시할 수 없습니다.

큰 틀에서 말씀드리면, 보호자와 수의사 모두 환자가 더 이상 치료해도 소생가능성이 없다고 판단될 경우 안락사를 진행할 수 있습니다.

예컨대 만성 질환(만성심부전, 만성신부전) 환자가 말기가 되어 어떠한 치료에도 반응은 없고 큰 고통을 호소할 때, 환자가 종양 진단을 받았는데 그 종양이 암(악성)이고 이미 온몸으로 암이 전이되어 상태가 매우 좋지 않을 때입니다.

65. 종양이 양성인지 악성인지 어떻게 알 수 있나요?

크게 두 가지 방법이 있습니다.

할퀴고 물려도 나는 수의사니까

첫째, 세포흡인검사(FNA, 세포학적 검사) 입니다.
바늘 같은 것으로 종양 부위를 찔러 눈에 보이지
않는 수준의 세포를 얻은 후 슬라이드에 도말,
염색 과정을 거쳐 현미경으로 세포를 분석하는
방법입니다.
둘째, 조직 검사입니다. 종양의 일부 또는
전체를 절제해 얻은 시료를 전문 검사 기관에
보내 조직 검사를 실시하는 방법입니다. FNA는
비교적 간단한 시술이라는 장점이 있고,
조직 검사는 결과의 정확도가 높다는 장점이
있습니다.

66. 모든 종양은 수술을 꼭 해야 하나요?

모든 종양이 수술을 꼭 해야 하는 것은
아닙니다. 종양의 종류, 정체, 환자의 상태에
따라

1. 시간을 두고 추적 관찰(팔로우업, 리체크)을 하는 경우
2. 바로 수술을 하는 경우
3. 화학 요법(항암 치료)을 하는 경우

4. 방사선 치료를 하는 경우

5. 위 여러 방법을 병행하는 경우

가 있습니다.

67. 항암 치료나 방사선 치료는 모든 병원에서 가능한가요?

병원의 사정에 따라 항암 치료가 가능한
동물병원과 그렇지 않은 동물병원이 있습니다.
현재 우리나라에서 방사선 치료가 가능한
동물병원은 극소수입니다.

68. 반려동물도 치과 치료 시 신경 치료나 레진, 크라운 같은 것이 가능한가요?

네, 반려동물도 신경 치료, 레진, 크라운
시술이 가능합니다. 다만 일부 동물병원이나
치과전문동물병원에서 가능합니다.

69. 이물(장난감, 금속, 뼈, 플라스틱 등) 섭취 시 치료 방법에는 어떠한 것들이 있나요?

우선 즉시 병원에 내원하여 필요한 검사를
받으세요. 이물 섭취 진단이 내려지면,

1. 섭취하고 시간 경과가 1~2시간 이내인 경우 약물
   처치로 구토 유발을 해볼 수 있습니다. 이것은
   모든 케이스에 적용 가능한 것은 아닙니다.
   구토 유발이 더 위험을 초래할 수 있을 경우
   불가합니다. 그리고 개체에 따라 구토 유발 약물
   처치에 전혀 반응이 없는 경우도 있습니다.

2. 내시경을 이용해 이물을 제거합니다. 이 방법은
   내시경이 있는 동물병원에서 가능합니다. 다만
   모든 이물이 내시경으로 제거가 가능한 것은
   아닙니다.

3. 수술로 제거합니다. 개복 후 위, 소장, 대장 등
   이물이 위치한 소화기를 절개하고 이물을 꺼내는
   방법입니다.
   반려동물의 상태, 이물 섭취 후 경과한 시간,
   이물의 종류, 이물이 소화기내 어디에 위치해

있는지에 따라 위의 방법들 중 적절한 것을
선택해 실시하게 됩니다.

70. 반려동물도 복강경 수술이 가능한가요?

네, 아직 사람처럼 많이 보급화, 대중화가
되지는 않았지만 일부 동물병원에서 가능합니다.
복강경으로 암컷 중성화 수술을 하기도 합니다.

71. 반려동물도 뇌 수술이 가능한가요?

네, 일부 동물병원에서는 두개골을 열고 하는 뇌
수술도 실시하고 있습니다.

72. 반려동물도 디스크(척추) 수술이 가능한가요?

네, 일부 동물병원에서는 척추 골절 수술,
디스크(추간판) 탈출 수술을 실시하고 있습니다.

73. 스케일링을 꼭 해줘야 하나요?

매일 2~3회 양치질을 하는 사람도 1~2년마다

치과에 가서 스케일링을 받습니다. 사람보다 양치질을 덜 꼼꼼하게 해줄 수밖에 없는 반려동물은 더욱 주기적인 스케일링이 필요합니다. 주로 먹는 음식, 양치질 등 평소 치아 관리 상태, 치아와 치은 상태, 나이와 건강 상태 등을 고려해 스케일링 주기를 결정합니다. 스케일링을 장기간 하지 않을 경우 치석이 증가합니다. 이는 치은염, 치주염, 치주질환, 통증을 유발하고 삶의 질을 현저히 떨어뜨립니다. 치석에 있는 세균은 혈관을 타고 온몸으로 이동하여 각종 장기에 염증을 일으키고 수명을 단축시킵니다. 매일 양치질은 물론이고 정기적으로 스케일링도 꼭 해주세요.

74. 스케일링할 때 전신 마취를 꼭 해야 하나요?

네, 그렇습니다. 보호자에게 많이 받는 질문 중 하나입니다. 아마도 사람은 전신 마취 없이 스케일링을 받기 때문이겠죠. 반려동물은 치과 치료 시 움직일 수 있고 물 수 있습니다. 따라서 안전하게 치과 치료(스케일링, 발치 등)를 진행하기 위해서 전신 마취는 필수입니다.

75. 초음파 검사할 때 왜 털을 밀어야 하나요?

보통 초음파 검사를 할 때 보고자 하는 부위에 질 높은 영상을 얻기 위해 털을 깎습니다. 털이 빼곡하게 있을 경우 초음파 빔(beam)이 체내를 침투하는데 방해를 받아 양질의 영상을 얻기가 어렵습니다. 영상의 질이 좋을수록 진단의 정확도가 높아집니다.

동물병원 Q&A

76. 왜 동물병원마다 진료비, 수술비 등 가격이 다른가요?

현재 반려동물 진료비는 별도의 규정이
없습니다. 병원마다 인건비나 약품비, 임대료
등을 고려하여 자율적으로 책정하고 있기
때문에 진료비가 다른 것입니다.

중성화 수술을 예로 들면 A동물병원에서
안내하는 중성화 수술 비용은 수술 자체만을
의미하고, B동물병원에서는 마취비, 수술비,
입원비 등을 모두 포함한 비용으로 안내하는
경우가 있습니다. 이에 따라 보호자가 최종

지불하는 비용은 병원마다 달라질 수 있습니다.

77. 동물병원 이름들은 왜 다른가요?

예전에는 A동물병원, B동물병원과
같이 단순하게 'OO동물병원'이라는
이름이 많았습니다. 요즘에는 이름이
점점 다양화되고 있습니다. 예컨대
A동물종합병원, B동물의료센터, C동물의료원,
D동물메디컬센터, 24시E동물메디컬센터
등으로 말이죠.
동물병원이 대형화되고 24시간 운영되는
곳이 증가하다 보니 생긴 결과로
보여집니다. 또한 동물병원도 사람이
다니는 병원처럼 안과전문동물병원,
치과전문동물병원, 고양이전문동물병원,
정형(외과)수술전문동물병원,
특수동물전문동물병원, 피부전문동물병원
등으로 점점 특화, 전문화되고 있는 추세이며
각 동물병원에서는 특화되고 전문화된 진료를
받을 수 있습니다.

78. 수의사 말고 간호사 같은 분의 정확한 호칭이나 명칭은 무엇인가요?

동물병원에는 사람이 다니는 병원의 간호사와
비슷한 역할을 담당하는 분이 있습니다.
보통 수의테크니션(줄여서 테크니션)이라 하고
수의간호사, 동물병원간호사로 불리기도
합니다. 최근엔 동물보건사 자격증도 생겨
추후엔 동물보건사로 불릴 수도 있습니다.

79. 24시동물병원은 어떻게 운영 되나요?

결론부터 말씀드리면 현재까진 병원
재량입니다. 같은 24시간이라도 여러 형태가
존재합니다. 24시간 내내 수의사가 상주(야간
당직 수의사가 있는 곳)하고 있는 24시동물병원과
야간에 일정 시간까지만 수의사가 있고 그
이후로는 수의테크니션만 있는 24시동물병원이
있습니다.
예를 들어 밤 10시까지는 수의사가 있지만,
밤 10시 이후부터 그 다음 날 오전 진료 시간
전까지 수의사 없이 수의테크니션만 있는 형태,

야간/새벽 진료가 가능한 24시동물병원, 야간/
새벽 진료는 받지 않고 입원 환자 관리만 하는
24시동물병원이 있죠.

이렇듯 24시동물병원마다 차이점이 있으니
반려동물이 늦은 밤이나 새벽에 응급한 일이
생길 경우를 대비해 가까운 24시동물병원의
특징을 미리 알고 계시면 좋습니다.

80. 반려동물이 늦은 밤이나 새벽에 아프면 어떻게 해야 하나요?

첫째, 앞서 설명 드린 야간(응급) 진료가 가능한
24시동물병원에 갑니다.

둘째, 꼭 24시동물병원이 아니더라도 일반
로컬병원(가장 흔히 이용하는 동네 1차 동물병원을
가리켜 보통 로컬병원이라고 합니다) 중에서도 병원
마감이나 퇴근 후 수의사가 병원으로 오는
전화를 받을 수 있게 돌려 놓고 가는 병원도
있습니다. 이런 동물병원은 야간이나 새벽에도
수의사와 통화 후 진료가 가능할 수 있습니다.
따라서 현재 다니는 동물병원이 진료 가능한

시간은 언제인지 미리 알아두세요. 다른 몇
군데 동물병원도 진료 가능한 시간이 언제인지,
야간/새벽에도 (응급)진료가 가능한지 미리
파악해 두시면 좋습니다.

81. 수의사도 연차에 따라 달리 불리는 명칭이나 직함 같은 것이 있나요?

보통 임상 경력 1년 미만은 인턴수의사나
수련수의사라 부르고 1년 이상은 진료수의사,
봉급수의사, 페이수의사, 페이닥터(페이닥)라
부릅니다. 그 외 진료 과목이 세분화되어 있거나
규모가 큰 동물병원일 경우 팀장, 과장, 부장,
부원장, 원장, 관리 원장, 대표 원장과 같은
직함도 있습니다.

82. 동물병원 약은 대부분 가루약이던데 알약이나 캡슐로 받을 수는 없나요?

동물병원은 구조적, 시스템적 이유로 대부분의
약을 가루약으로 처방합니다. 체중이 많이
나가는 중대형견이나 일부 약은 알약 또는

캡슐로 처방이 가능합니다.

만약 가루약을 먹이기 어려워 캡슐로 처방을
원하신다면 병원에 문의해보세요. 일부
병원에서는 가루약을 담을 수 있는 공캡슐을
같이 챙겨드리거나, 공캡슐에 가루약을 다시
넣어 처방하기도 합니다. 이때 비용이 추가될 수
있으며 그 비용은 병원마다 차이가 있습니다.

83. 동물병원은 얼마마다 내원하면 되나요? 아플 때만 내원하면 되나요?

반려동물이 아플 때만 병원에 내원하시는
것보다 최소 월 1회 동물병원에 내원하시는 것을
권유합니다. 그 이유는 반려견, 반려묘 모두
평생 월 1회 심장사상충 예방을 해야 하므로
심장사상충 예방도 할 겸 내원하여 기본적인
신체검사도 받아보는 것이 좋기 때문입니다.
기본적인 신체검사란 체온, 귀/피부/발톱 상태,
치아/치은 상태, 체중 및 체형, 청진(심장 소리)과
호흡 양상, 걸음 걸이 등을 가볍게 체크하는
것을 말합니다. 비용은 무료이거나 소액이니 큰

부담도 없습니다.

보호자는 반려동물의 피부 상태가 괜찮다고
생각했는데 수의사가 보니 피부 상태가
나쁘거나 피부 질환이 의심되는 경우도 있고,
보호자는 반려동물의 치아/치은 상태가
양호하다 생각했는데 수의사가 보니 치아나
치은 상태가 엉망인 경우도 있고, 보호자는
반려동물의 체중, 체형이 정상인 줄 알았는데
수의사가 보니 비만이라 체중 감소가
필요하거나 저체중이라 체중 증량이 필요한
경우도 있습니다.

이렇듯 월 1회 심장사상충 예방도 할 겸 간단한
신체 검사도 할 겸 병원에 내원하시면, 보호자는
모르고 있었던 반려동물의 질병이나 문제점을
알 수 있으니 큰 이득입니다.

고양이는 개에 비해 상대적으로 꽤 예민한
편입니다. 만약 반려묘가 동물병원에 갈
때마다 극도로 스트레스를 받거나 심각하게
저항한다면 고민이 필요합니다. 오히려 매달
병원에 데리고 가는 것이 득보다 실이 많을 수

있으니까요. 이럴 땐 담당 수의사와 상담을 통해
적절한 내원 방법과 주기를 안내받으세요.
내원 스트레스를 완화시켜 줄 수 있는 방법 중
하나로 내원 전 항불안제를 처방받아 먹이고
오는 것이 있습니다. 이와 관련한 자세한 내용은
<그 외 Q&A 88번> 내용을 참고해주세요.

84. 모든 동물병원에서 반려동물의 미용(목욕)이 가능한가요?

아닙니다. 진료만 보는 동물병원도 많습니다.
진료만 가능한 동물병원, 미용(목욕)도 가능한
동물병원, 용품 구매도 가능한 동물병원,
반려동물 분양(입양)도 가능한 동물병원 등
동물병원의 형태는 다양합니다.

85. 반려동물도 보험이 있나요?

아직 우리나라는 사람처럼 국가에서
보장하는 공적 보험이 없습니다. 기업에서
반려동물보험(펫보험) 상품을 출시하고 있으며
점점 증가하는 추세입니다. 보험비, 보장 범위

등 상세 내용은 해당 상품을 취급하는 기업에
문의하시길 바랍니다.

86. 제가 반려동물 보험 상품에 가입한 것이 있어서 보험사에 보험비를 받기 위해 동물병원에 진료기록부를 요구했는데 거절당했습니다. 보험사에서 제게 해당 자료를 요구해서 동물병원에 달라고 한 건데 왜 거절을 당한 걸까요? 그럼 어떤 서류를 제출하면 되나요?

보통 동물병원에서 진료기록부를 함부로
외부에 제공해주지 않습니다. 진료기록부는
매우 소중한 자료로, 꼭 필요한 상황이 아니라면
제공할 의무가 없습니다. 아직 반려동물 보험이
출시된지 얼마 안 되었기에 보험사에서 다소
과하거나 무리한 자료를 보호자와 동물병원에
요구하는 경우가 있습니다.

제 경험을 바탕으로 말씀드리면 보험비를
받으시기 위해 필요한 자료는 '상세 비용이

나와 있는 진료 내역서, 수의사의 진단서나 소견서' 입니다. 지금은 이 두 자료만 있으면 충분합니다(추후 변동될 수 있습니다). 이 두 자료만 보험사에 제출한 보호자는 보험비를 정상적으로 받았습니다.

87. 동물병원에서 검사한 혈액 검사나 방사선/초음파 검사 자료를 제가(보호자) 받을 수 있나요? 비용이 드나요?

사람도 병원에 자료를 요구하면 비용을 지불하고 받을 수 있듯이 동물병원도 마찬가지입니다. 자료를 받는 방법은 이메일이나 CD 등 병원마다 상이하며 비용 역시 병원마다 조금 차이가 있습니다.

88. 1차 동물병원과 2차 동물병원은 뭔가요? 무슨 차이죠?

쉽게 표현하자면 1차 병원은 보호자가 가장 흔하게 접하는 동물병원, 즉 동네 동물병원(로컬

할퀴고 물려도 나는 수의사니까

동물병원)입니다. 1차 동물병원에서 상위
검사(CT나 MRI 등)가 필요하거나 24시간 집중
입원 치료 등이 필요해 환자(반려동물)를 큰
병원으로 전원(레퍼)을 해야 할 경우가 있습니다.
이때 이 환자를 받고 필요한 검사 및 처치가
가능한 병원을 2차 동물병원이라 생각하시면
됩니다.

기타 Q&A

89. 반려동물 입양(분양)은 어디서 하나요?

우리나라는 주로 '펫샵'이라는 곳에서 보호자가
동물을 입양합니다. 돈만 지불하면 누구나 키울
수가 있죠. 하지만 선진국들을 보면 우리나라와
같이 돈만 주면 반려동물을 살 수 있는 시스템이
아닙니다. 반려동물을 키우기 위해 비교적
엄격한 절차와 제도가 존재합니다. 일정 조건이
충족되어야 지정된 곳에서 입양을 할 수
있습니다.

우리나라는 너무 쉽게 마치 물건 사듯이
반려동물을 데려와 키울 수 있어 동물 학대나

동물 유기와 같은 범죄가 상대적으로 높다고
생각합니다. 개인적으로 펫샵에서의 입양보다
보호소에서 마음에 상처를 입고 오갈 때 없는,
심지어 안락사 위기에까지 내몰린 반려동물을
입양하여 새로운 가족으로 품어 주시는 게
좋다고 생각합니다.

90. 반려동물이 임신을 하면 집에서 출산(분만) 하나요? 동물병원에서 꼭 출산해야 하나요?

반려동물의 상태와 상황에 따라 다릅니다. 보통
임신을 진단받으면 분만 전까지 총 2~3회 정도
병원에 내원하여 체크(검사)를 받습니다. 태아의
생존 여부 및 태아의 마릿수, 자연 분만 가능성
등을 체크합니다. 태아의 두개골 크기가 어미의
골반강 크기(너비)보다 크거나 그 외 다른 이유로
집에서 자연 분만이 어렵고 불가능하다는
수의사의 소견을 받을 수 있습니다. 이 경우
분만 시기가 도래했을 때 병원에 내원해 제왕
절개 수술을 받게 됩니다.

한편 자연 분만이 가능하다는 소견을 받았지만 집에서 난산의 조짐이 보이거나 현재 난산 중이라면 즉시 병원에 내원해 수의사의 판단과 소견을 받으세요. 수의사의 판단에 따라 유도 분만을 하거나 제왕 절개 수술을 하게 됩니다. 참고로 고양이는 개에 비해 집에서 자연 분만하는 확률이 더 높은 편입니다.

91. 개와 고양이를 같이 키워도 되나요? 이때 주의 사항은 뭐가 있나요?

네, 같이 키울 수 있습니다. 다만 체크와 주의가 필요합니다. 서로 장난을 치고 놀다가 또는 사이가 좋지 않아 공격을 하는 과정에서 다칠 우려가 있습니다. 저도 개와 고양이를 같이 키운 적이 있습니다. 둘이 서로 가볍게 장난을 치다 고양이의 발톱이 개의 눈을 할퀴어 각막이 손상돼 '결막 플랩'이라는 눈 수술을 받아야 했습니다. 사이가 좋든 좋지 않든 보호자가 지속적으로 관찰하고 체크하는 것이 필요합니다.

92. 반려동물을 한 마리 키우고 있습니다. 그런데 혼자 있는 시간이 많아 심심하거나 외로울 것 같은데 한 마리를 더 데려와 키워야 하나요?

반려동물을 한 마리 키우는 보호자가 많이 하는 질문 중 하나입니다. 그에 대한 답변을 드리면 필수는 아닙니다. 보호자가 어떻게 해주냐에 따라 반려동물 혼자서도 충분히 외롭지 않게 지낼 수 있습니다. 물론 반려동물을 추가로 입양한다면 덜 외로울 수도, 덜 지루할 수도 있겠지만 항상 최악의 상황도 고려를 해야 합니다.

새로 입양한 반려동물과 단계적으로 친하게 지내기, 합사하기를 거쳤음에도 불구하고 서로 공격을 심하게 하는 등 지속적으로 사이가 좋지 않을 수 있습니다. 상황이 심각하거나 해결의 기미가 보이지 않을 경우 결국 파양도 하게 됩니다. 이러한 가능성도 충분히 염두에 두고 새로운 반려동물 입양을 결정해주세요.

93. 사료 말고 다른 음식을 주면 안 되나요?

점점 반려동물 음식 관련 산업도 발달하여 사료의 종류도 다양해지고 있습니다. 전통적인 사료 대신 생식, 화식, 홈메이드 푸드를 급여하기도 합니다. 저는 사료 급여를 권장합니다. 외국의 경우, 생식은 살모넬라 감염 등의 위험성으로 권하지 않습니다.

인터넷에 많이 보이는 홈메이드 푸드의 래시피를 조사해보니 대부분이 영양소 불균형 상태였다고 합니다. 사료가 아주 저품질이 아니고, 반려동물의 연령과 상태에 맞는 사료이며, 반려동물이 현재 잘 먹고 있다면 굳이 다른 음식으로 교체를 하거나 사료 외 음식을 꼭 추가로 급여할 필요는 없습니다.

동물병원에서 오랫동안 판매되고 있는 메이저(대형) 사료회사는 장기간에 걸쳐 수많은 시험과 실험을 통해 충분한 데이터를 확보하고 있습니다. 영양소의 균형, 사료 성분의 안전성, 기호성이 검증되어 있죠. 홈메이드 푸드를 급여한다면 정말 열심히 공부해 영양소의 균형도 잘 잡고 안전성도 확보해야 합니다. 만약 영양소의 균형이 맞지 않아 누락 또는 과잉된 영양소가 있다면 반려동물의 건강에 좋지 않습니다.

한편 사료 외 음식 중 '사람에게 좋은 음식이라고 해서 반려동물에게도 먹이면 좋겠지.'라 생각하고 급여하는 경우가 있습니다. 이는 음식에 따라 해가 되거나 위험합니다. 예컨대 개가 브로콜리를 과량으로 먹을 경우 '비타민A 중독'의 위험성이 있습니다. 이렇듯 보호자가 일일이 각 음식마다 반려동물에게 해가 되는지, 적당량은 얼마인지 세부적으로 파악하는 것이 쉬운 일은 아닙니다. 이미 검증된 양질의 사료를 급여하는 것이 손쉬우면서도 괜찮은 방법입니다.

94. 영양보조제를 꼭 먹여야 하나요?

시중에 매우 다양한 영양보조제가 판매되고 있습니다. 눈, 피부, 뼈, 관절, 심장, 간, 신장 등에 좋거나 도움이 된다고 홍보하죠. 반려동물이 건강하다면 필수로 먹여야 하는 것은 아닙니다. 다만 특정 질병의 경우 특정 영양소나 무기질 등이 부족해질 수 있는데 이럴 때 수의사가 권하는 영양보조제를 급여해주는 것이 좋습니다. 예컨대 만성신부전의 경우 칼륨이 부족해지는 경우가 흔합니다. 검사를 통해 칼륨 부족이 확인되면 칼륨 영양보조제의 급여가 도움이 됩니다. 여러 영양보조제를 동시에 먹이다 특정 영양소나 성분이 중복되어 과량 섭취가 될 경우 오히려 몸에 해로울 수 있으니 주의가 필요합니다. 반려동물의 체질에 따라 영양보조제가 몸에 맞지 않을 수 있습니다. 급여 후 피부 트러블이나 소화기 트러블 등 문제가 발생할 경우 양을 줄이거나 급여를 중단하고 관찰해 보는 것이 좋습니다.

95. 집에 임산부가 있는데 반려묘를 키우고 있습니다. 주의 사항이 있나요?

특별히 조심해야 할 것은 없습니다. 고양이를
키우는 집에서는 반려묘가 톡소플라즈마에
감염이 되었을 경우, 반려묘의 대변 접촉을 통한
임산부의 감염이 태아에게 위험할 수 있다는
보고는 있습니다. 하지만 사실 이것은 가능성이
매우 희박합니다. 실제로 우리나라에서
반려묘를 통한 임산부의 톡소플라즈마 감염
사례로 정확하게 밝혀진 것은 아직 없다고
알고 있습니다. 오히려 대표적인 원인은 오염된
흙이나 물, 깨끗이 씻지 않은 야채나 채소, 덜
익힌 음식(육류, 어패류)의 섭취입니다. 임산부가
아닌 다른 가족 구성원이 반려묘의 대변을
매일 청소하고 제거하면 감염 가능성은 0으로
수렴합니다. 반려묘가 톡소플라즈마에 감염이
되었는지 확인하는 방법은 다니는 동물병원에
내원하여 상담 받으시고 필요한 검사를 받으면
됩니다.

96. 반려동물을 키울 때 주의해야 할
사항은 무엇인가요?

반려동물을 키울 때 가족들이 고생하는
흔한 케이스 중 하나가 개, 고양이에 대한
알레르기 증상입니다. 본인 또는 다른 가족들
중 개, 고양이에 대한 알레르기 증상이 있다면
반려동물을 키우는 것에 대해 신중하게
생각해주시길 바랍니다. 또한 집에서
반려동물이 짖거나 뛰는 것으로 인한 층간 소음,
민원 등의 가능성도 미리 염두에 두셔야 합니다.

97. 양치질은 얼마마다 해주면 되나요?

반려동물도 사람처럼 하루 3회 양치질을
해주시면 가장 좋습니다. 이것이 현실적으로
어렵다면 최소 하루 1회 이상 양치질을
해주세요. 양치질을 대충대충, 일부 이빨(치아)만
하지 마시고 전체 이빨을 꼼꼼히 해주세요.
특히 어금니처럼 깊숙이 위치한 이빨일수록
치석이 잘 생겨 문제가 되니 더 열심히 양치질을
해주셔야 합니다.
건식 사료 보다 습식 사료가 상대적으로
더 치석이 생기기 쉽습니다. 습식 사료가

주식이라면 더 열심히 양치질을 해주세요. 일반 개껌 보다 치석 예방에 효과가 있는 성분이 포함된 치석 예방용 기능성 간식을 매일 주시는 것이 좋습니다.

98. 반려견에게 뼈(소뼈, 닭뼈 등)를 줘도 되나요? 이빨에 좋다고 들어서요.

결론부터 말씀드리면 위험하니 절대 주지 마세요. 뼈를 먹다 소화기(식도, 위, 소장 등)에 큰 문제가 생길 수 있습니다. 예를 들어 소화기에 구멍이 생기는 소화기 천공이 발생해 복막염, 패혈증으로 이어져 사망하기도 합니다.

99. 생닭을 반려견에게 줘도 되나요? 생닭을 주면 좋다는 말을 들어서요.

개인적으로 추천 드리지 않습니다. 첫째, 살모넬라 등의 감염으로 소화기 장애와 각종 문제가 발생할 수 있습니다. 둘째, 뼈로 인한 소화기 천공, 복막염, 사망의 위험성이 있습니다.

100. 반려묘 보호자들이 주의해야 할 사항은 무엇이 있나요?

첫째, 종종 고양이를 이동장 없이 보호자가 안고 내원하는 모습을 봅니다. 왜 안고 오셨는지를 여쭤보면,

"고양이가 이동장 안에 들어가기 싫어해서요."

"고양이를 이동장 안에 넣기가 어려워서요."

"고양이가 이동장 안에 들어가면 스트레스 받을 것 같아서요."라는 답변을 많이 듣습니다. 이것은 상당히 위험합니다.

고양이가 자동차 소리 등 각종 소리에 놀라 확 뛰어내려 도망가는 경우를 본 적이 있습니다. 고양이를 안전하게 찾으면 다행이지만 끝내 찾지 못하거나 차와 부딪히는 사고를 당하기도 합니다. 반려묘의 안전과 스트레스 최소화를 위해 반드시 이동장 안에 넣어 내원해주세요. 이동장 겉에는 큰 담요를 덮어 외부가 보이지 않게 해주시는 게 좋습니다. 참고로 이동장은 앞뒤만 열리는 것보다 천장도 열리는 제품이 진료 받을 때 좋습니다.

둘째, 고양이는 개에 비해 상대적으로 더 조심해야 할 것이 '스트레스와 비만'입니다. 스트레스는 광범위한 개념으로 사소한 변화나 자극도 여기에 포함이 됩니다. 예를 들어 택배 왔다는 초인종 소리, 집 근처 공사 소리, 친구나 지인이 잠시 집에 왔다 감, 집에 다른 동물이 잠시 왔다 감, 화장실 위치의 변화, 화장실 모래의 변화, 사료의 변화, 사료 용기의 변화, 캣타워 위치의 변화 등 매우 다양합니다. 이런 변화나 자극이 스트레스로 작용해 고양이 하부 요로계 질환(특발성 방광염) 등 다양한 질병과 임상 증상을 유발하기도 합니다. 기존에 앓고 있던 질환이나 증상이 악화되기도 하죠. 고양이의 스트레스를 최소화하기 위해 꾸준히 신경 쓰고 노력해주세요.

또한 고양이는 비만에 취약한 편입니다. 비만인 고양이는 다양한 질환에 노출될 가능성이 높아지고 치료 반응도 나쁩니다. 게다가 한번 비만이 되면 개처럼 산책이 가능한 동물이 아니기 때문에 체중 감량을 하기가 훨씬

어렵습니다. 비만이 되지 않도록 음식량과
운동량을 잘 관리해주세요.

101. 반려동물을 키우고 싶은데 입양(분양) 전 무엇을 고려해야 하나요?

우선 가족들 중 개, 고양이 알레르기가 있는지
체크가 필요합니다. 그 외 여러 가지가 있지만
이 하나는 꼭 말씀드리고 싶어요. 신중하게
심사숙고하신 후 반려동물을 가족으로
맞아주세요. 그냥 귀여워서, 키우면 재밌을
것 같아서, 키우면 내가 심심하지 않을 것
같아서, 자녀가 키우고 싶다고 졸라서 등 이런
이유만으로는 불충분합니다.

반려동물은 사람보다 평균 수명이 짧습니다. 큰
질병이 없다고 했을 때 보통 15살 전후입니다.
훗날 반려동물의 죽음을 필연적으로 맞이해야
한다는 의미입니다. 반려동물의 죽음을
맞이한다는 것은 생각보다 쉽거나 가벼운 일이
아닙니다. 반려동물을 떠나보낸 후 큰 상실감과
우울증을 호소하는 '펫로스 신드롬(펫로스

증후군)'이란 것이 있을 정도입니다.

반려동물이 건강한 모습으로, 큰 질병 없이 세상을 떠나면 좋겠지요. 하지만 한 살 한 살 나이를 먹어 노견, 노묘가 될수록 각종 만성 질환과 무섭고 큰 질병에 걸릴 가능성이 높아집니다. 반려동물에 대한 간호와 간병, 관리, 만만치 않은 병원비에 대해 사전에 충분히 인식하고 있어야 합니다. 반려동물을 키우기 전, 이러한 점을 모두 다 감당할 수 있는지 충분히 고민해주세요.

"원래 제가 키우려고 키운 게 아니에요. 딸이 키우자고 해서 키우다 어쩌다 제가 키우게 되었어요. 전 원래 동물 안 좋아해요." 라고 말씀하시는 보호자도 봤고, "원룸에서 키우다 보니 관리도 힘들고 민원도 들어와서 얼마 전 파양했어요." 라고 말씀하시는 보호자도 봤고, "동물병원으로 나가는 비용이 이렇게 많게 될 줄은 몰랐어요. 애들 아빠가 이 비용(진료비, 수술비 등)을 알면 또 싸우니 몰래 치료해줘야 해요." 라고 말씀하시는 보호자도 봤습니다.

간호, 간병의 어려움으로 키우던 동물을
유기하거나 방치하는 사례, 병원비 부담으로
치료를 포기하거나 방치하는 사례 등 있어서는
안 될 다양한 사례를 많이 경험했습니다.
충분히 이러한 점을 고려한 후에도 반려동물을
키우기로 결정했다면 그때부터는 많은 사랑과
정성으로 돌봐주시길 바랍니다.

102. 반려동물 키울 때 보호자가 (매일) 꼭 (의무적으로) 해줘야 할 것에는 무엇이 있나요?

반려견의 경우 매일 산책, 양치질, 빗질,
놀아주기가 있고 반려묘의 경우 매일 양치질,
빗질, 놀아주기가 있습니다. 이는 반려동물의
보호자로서 의무라고 전 생각합니다.

103. 반려묘도 반려견처럼 미용을 꼭 해줘야 하나요?

저는 고양이의 피부병 체크나 치료를 위해
또는 수의사가 미용을 권유하는 다른 이유가

있는 경우를 제외하면 고양이의 미용을 권하지 않습니다. 집사(반려묘 보호자)라면 잘 아시겠지만 대부분의 고양이는 미용할 때 개처럼 얌전히 있어주지 않습니다. 심하게 튀거나 도망가려 하거나 공격하는 등 협조율이 매우 떨어집니다. 따라서 스트레스를 주지 않으면서 안전하게 미용을 하려면 대부분 마취(진정)가 필요합니다. 마취(진정) 자체가 나쁘지는 않습니다만 낮은 가능성이라도 마취(진정) 관련 사고나 후유증이 생길 수 있기 때문에 가능한 하지 않거나 덜 하는 것이 좋습니다. 단순히 고양이 털 날림으로 마취(진정)까지 하면서 미용을 하는 것은 개인적으로 권하지 않습니다.

가끔 길을 가다 보면 '고양이 무마취 미용 가능합니다'라는 간판의 상가를 봅니다. 소위 개냥이라 불리는 매우 순한 고양이를 제외한 대부분의 고양이나 사나운 고양이를 어떤 방법과 방식으로 마취(진정) 없이 스트레스를 주지 않고 안전하게 미용이 가능하다는 것인지 개인적으로 궁금합니다. 만약 집에서 보호자가 직접, 큰 스트레스를 주지 않고 안전하게 미용할 수 있다면 반대하지 않습니다.

104. 동물병원에서도 고양이 목욕이 가능한가요?

84번 답변과 유사합니다. 대부분의 고양이는 집이 아닌 곳에서 마취(진정)없이 목욕이 어렵거나 불가능합니다.

105. 반려묘는 목욕을 얼마마다 해주면 되나요? 고양이 목욕시키기 너무 어려워요.

고양이는 개에 달리 정해진 목욕 주기가 사실 따로 없습니다. 외출하지 않고 실내에서만 생활하는 고양이는 평상시 그루밍을 열심히 하기 때문에 자주 목욕을 할 필요는 없습니다. 건강한 피부 상태라면 수주에서 수개월, 수년에 한 번도 가능합니다.

대부분의 고양이는 목욕하는 것을 매우 싫어하거나 스트레스를 많이 받습니다.

고양이는 상대적으로 스트레스에 취약하기 때문에 가능한 스트레스를 덜 주는 방향으로 키우시는 게 좋습니다.

106. 반려견은 목욕을 얼마마다 해주면 되나요?

일반적으로 1~2주에 1회를 권장합니다. 목욕을 할 때 두가지를 조심해주세요.

첫째, 샴푸 성분이 눈에 오래 남아 있으면 각막 궤양 등으로 눈이 다칠 수 있으니 조심해주세요.

둘째, 목욕을 마치고 말리는 과정에서 눈이 수건에 쓸리거나 헤어드라이기의 높은 열기가 눈에 순간적으로 가해질 수 있습니다. 이때 각막이 손상되어 병원에 오는 경우도 많으니 각별히 조심해 주세요.

107. 반려묘가 동물병원에 갈 때, 또는 병원에 도착하면 너무 난폭해져 걱정입니다. 한번은 간단한 체크를 받기 위해서 마취(진정)를 하기도

했는데 마음이 너무 아팠어요. 좋은 방법이 없을까요?

한 가지 시도해 볼만한 방법이 있습니다.
항불안제 약물을 동물병원에서 미리 처방받아
내원하기 1~2시간 전에 먹이고 내원하는
겁니다. 개체에 따라 약물에 대한 반응(효과)은
차이가 큰 편입니다. 반응이 전혀 없는 고양이,
반대로 너무 처지는 고양이, 적당히 차분해져
마취(진정) 없이 진료가 가능한 고양이 등
다양합니다. 약물을 먹이기 전에는 보호자의
고양이가 어떤 반응을 보일지 정확히 예측하기
어렵습니다. 모든 동물병원이 해당 약물을
취급하거나 이 방법을 이용하는 것은 아니므로
내원 전 병원에 문의를 해보시는 게 좋습니다.

108. 반려동물을 데리고 대중 교통을 이용할 수 있나요?

네, 가능합니다. 버스, 택시, 기차, 비행기 모두
가능합니다. 대부분 이동장 안에 반려동물이
들어가 있어야 하며 좌석 탑승, 화물칸 탑승

할퀴고 물려도 나는 수의사니까

둘 다 가능합니다. 기차나 비행기는 예방접종
증명서 등 요구하는 서류나 자료가 있으므로
미리 꼭 해당 기관에 세부 내용을 확인해주세요.

109. 해외에 반려동물을 데리고 가려 하는데 어떻게 해야 하나요?

1. 반려동물 해외 출입국 관련 업무 진행이
   가능한 동물병원이 있습니다. 인터넷으로
   검색하면 쉽게 찾을 수 있습니다. 각 나라마다
   광견병 등 예방접종 내역이 필요한 경우가
   있습니다. 이는 접종했던 병원에 요청하면
   받을 수 있고 보통 비용이 듭니다.

2. 반려동물 해외 출입국 관련 업무를
   전문적으로 대행해주는 업체가 있습니다.
   역시 인터넷으로 검색하면 쉽게 찾을
   수 있으며 해당 업체에 문의하면 자세히
   안내받을 수 있습니다.

110. 반려동물에게 사람 연고를 발라줘도

되나요?

수의사의 안내나 설명 없이 집에 있는 사람 연고를 오용, 과용, 남용했다가 피부 질환이 더 심해지거나, 여러 부작용이 생긴 경우를 심심치 않게 봅니다. 피부 질환이 의심될 경우 반드시 병원에 내원해 진료를 받으세요.

111. 반려동물에게 사람 샴푸를 써도 되나요?

사람과 반려동물의 피부는 PH(산성, 알칼리성) 등 다른 점이 많습니다. 사람 샴푸를 자주 또는 지속적으로 사용할 경우 피부 트러블이 발생할 수 있죠. 만약 반려동물의 피부가 연약하거나 예민한 편이면 목욕 시 린스도 같이 해주시는 것이 도움이 됩니다. 샴푸와 린스 겸용 제품도 있습니다.

112. 공기가 건조할 때 사람들이 얼굴에 미스트 뿌리듯 반려동물도 따로 보습을 해줘야 하나요?

네, 해주는 것이 좋습니다. 특히 피부가
예민하거나 알레르기성 피부 질환(아토피성
피부염, 푸드 알레르기성 피부염)을 앓고 있다면 더욱
보습에 신경 써주셔야 합니다.
보습은 건조한 계절뿐만 아니라 연중 내내
해주는 게 좋습니다. 목욕 마친 후에만 해주지
마시고 여성분들이 얼굴에 수시로 미스트
하시듯 수시로 보습제를 사용해주세요.
만약 모량이 너무 많거나 장모종이라면
보습제(컨디셔너)가 피부에 더 잘 침투되도록
제품을 몸에 뿌린 후 톡톡톡 손으로 두드리거나
문질러 주세요.

113. 반려동물에게 사람 안약을 써도 되나요?

일부 안약은 함부로 사용하면 매우 위험할
수 있기 때문에 권하지 않습니다. 예컨대
반려동물의 눈이 평소보다 빨개서 집에 있는
사람 안약 중 스테로이드가 포함된 안약을
넣어줬습니다. 이때 각막 궤양이 있는 눈이라면

눈의 상태는 더 심각해집니다. 다른 어떤
기관(장기)보다 눈은 민감하기 때문에 보호자
임의대로 안약을 사용해선 안 됩니다. 병원에서
눈의 상태를 정확하게 점검하고 수의사의
안내에 따라 안약을 사용해주세요.

114. 스테로이드 약은 독하다, 나쁘다, 몸에 좋지 않다고 들었습니다. 맞나요?

스테로이드는 적절하게만 사용한다면 장점이
많은 약입니다. 소염, 진통, 항소양감 등
다양한 효과를 볼 수 있어 많은 증상과 질환에
사용됩니다. 다만, 다른 약에 비해 장기간 또는
고용량을 사용하다 보면 간을 포함해 여러
장기와 신체에 부작용이 발생할 수 있어요.
이점을 잘 고려해 사용해야 합니다.
낮은 용량과 단기간 사용시에는 큰 부작용이
없고 다양한 효과를 볼 수 있으니 너무 부담
갖지 마세요. 만약 스테로이드 약을 먹은 후
반려동물이 다음(물 많이 마심), 다뇨(소변 많이
봄), 다식(음식 많이 먹음, 식욕 증가), 복부 팽만,

팬팅(헐떡임)의 증상을 보이면 담당 수의사에게 꼭 알려주세요. 약 처방과 치료 방향에 도움이 됩니다.

115. 처방받은 약은 꼭 사료와 함께 먹여야 하나요?

대부분 처방 되는 약은 식사(사료)와 함께 또는 식후에 먹이면 됩니다. 간혹 공복 상태에 복용하는 것이 권장되는 약이 있는데 이런 약은 보통 사전에 병원에서 안내를 해줍니다.

116. 하루 2번 먹여야 하는 약을 독할까, 몸에 무리가 갈까 하루 한 번 먹이거나 띄엄띄엄 먹이기도 했는데 괜찮나요?

아니요, 그렇지 않습니다. 수의사와 상의 없이 보호자분 임의대로 투약 횟수를 조절하면 약에 대한 효과를 수의사가 정확하게 파악하기 어렵습니다. 약의 효과도 감소할 수 있고요. 모든 약은 반드시 수의사가 처방해 준 용법, 용량, 횟수를 지켜서 투약해주세요.

117. 반려동물에게 약 먹이기가 너무 힘들어요. 약 먹이는 꿀팁이 있나요?

개, 고양이는 사람에 비해 약을 먹이기가 많이 힘듭니다. 고양이가 개보다 더 힘들고요. 식욕이 매우 왕성하면 평소 잘 먹는 사료나 간식에 약을 섞어줘도 잘 먹지만 그렇지 않은 경우가 대부분입니다. 그래서 강제 투약이 필요합니다. 하나의 방법은 처방받은 가루약을 수저 위에 올려놓고 입을 크게 벌리자마자 목 깊숙이 털어놓고 잽싸게 입을 닫습니다. 그리고 코에 한두 번 후 바람을 불어주고 목도 부드럽게 어루만져 줍니다. 만약 캡슐이나 알약을 먹일 경우에는 엄지와 검지를 이용해 약을 잡고 입을 크게 벌리자마자 목 깊숙이 넣고 잽싸게 입을 닫습니다. 그리고 코에 한두 번 바람을 불어주고 목도 부드럽게 어루만져 줍니다. '필건'이라는 투약기를 사용하면 좀 더 수월합니다. 약을 꿀이나 고구마, 요플레 등과 섞어서 주시는 것은 가능한 삼가 주세요.

118. 약 먹이다가 반 정도를 뱉거나 흘렸는데, 그럼 남은 다른 약을 다시 한번 더 먹여야 하나요?

아닙니다. 약을 정해진 용량보다 오버해서 먹게 되면, 즉 과용량을 복용하게 되면 부작용을 초래할 수 있습니다. 약을 흘리거나 뱉어서 덜 먹였다 하더라도 넘어가시고 다음 먹일 차례에 잘 먹여주세요.

119. 음식 제품에 들어 있는 방부제를 먹었는데 어쩌죠?

방부제는 철이 들어간 '산소흡수제'와 실리카겔로 된 '방습제'가 있습니다. 방습제를 소량 먹었다면 크게 위험하지 않습니다만, 철이 들어간 산소흡수제를 먹었다면 철 중독증으로 위험할 수 있습니다. 또한 겉포장 재질에 따라, 먹은 양에 따라 처치와 예후가 달라집니다. 먹은 것이 의심되거나 먹는 장면을 보셨다면 즉시 병원에서 진찰을 받는 것이 안전합니다.

120. 반려동물이 절대 먹으면 안 될 음식이 따로 있나요?

네, 있습니다. 가장 대표적으로 포도, 초콜릿, 마늘, 양파(파), 자일리톨(껌)입니다. 다양한 기전으로 몸에 문제를 일으켜 사망까지 가능하니 절대 주지 마세요. 만약 먹었다면 즉시 병원으로 가서 적절한 처치를 받으세요.

121. 반려동물을 키우면서 집에서 흔히 일어나는 사건 사고들은 무엇인가요?

대표적으로 아래와 같습니다.

1. 문이 닫힐 때 발이 끼어 골절.
2. 실내 바닥이 미끄러워 격하게 놀거나 뛰다가 염좌, 십자인대 손상, 탈구.
3. 다양한 이물 섭취. (고양이는 주로 실 같은 선형의 이물을 잘 섭취하는 편)
4. 쓰레기통을 뒤져 이물 섭취. 음식물 쓰레기통을 뒤져 상했거나 먹어서는 안 될 음식 섭취.
5. 고양이가 높은 곳에서 뛰어내리다 잘못 착지하여

염좌, 골절, 탈구

6. 개가 소파, 침대, 의자, 탁자를 오르락 내리락 하다
   슬개골 탈구 악화, 십자인대 손상, 골절.

7. 사람 약(감기약, 호르몬약, 한약 등)을 먹고 상태 위독.

각 항목을 잘 보시고 경험하지 않도록
주의해주세요.

122. 집에 어린 자녀가 있는데 반려동물을 키워도 되나요?

네, 괜찮습니다. 저도 어린 두 자녀가 있는데요,
아이들이 아기 때부터 집에서 반려동물과 함께
지냈습니다.
생명체와의 교감을 통해 아이들의 정서에도
도움이 되고 생명의 소중함, 배려, 조심성을
배울 수 있어 좋습니다. 다만 주의할 점은
반려동물이 공격성이 있는 편이라면 어린
자녀와 반려동물 단둘만 있는 상황은 가능한
만들지 않도록 합니다.
한편 반려동물에 노출되지 않은 아이들 보다

반려동물 한 마리와 함께 지낸 아이들이
알레르기 발생률(천식, 꽃가루 알레르기 등)이 낮았고
반려동물 세 마리와 지낸 아이들은 발생률이
더 낮았다는 연구결과도 있습니다. 반려동물과
아이가 함께하면 아이의 면역력을 키워준다는
연구 결과도 있습니다. 개나 고양이와 함께
살고 있는 어린이가 그렇지 않은 어린이보다
위장염에 덜 걸리고, 반려동물과 입맞춤을
하거나 만지는 행동이 병원체에 대한 면역력을
키워준다고 합니다.

123. 반려동물의 분리 불안이 심합니다. 줄이는 방법이 있을까요? 혼자 있을 때 하울링도 심하고 많이 불안해서 혼자 두고 외출을 쉽게 못하고 있습니다.

집에서 비교적 간단하게 할 수 있으면서 효과도
좋은 편인 한 가지 방법을 간략히 소개해
드리겠습니다.
보호자가 외출하기 전이나 외출하고 집에

오자마자 반려동물이 흥분하지 않게 해주세요.
그러기 위해서는 외출할 때 전형적인 패턴, 즉
어떤 행동이나 어떤 물건을 통해 반려동물이
보호자가 외출하는 것을 미리 쉽게 짐작, 예측할
수 있는 행동을 안 하셔야 합니다. 전형적인
패턴을 없애서 보호자가 외출하는 것을 쉽게
알아차릴 수 없게 해주세요. 그리고 외출하기
30분 전, 외출하고 집에 도착해서 30분 정도
반려동물을 무시해주세요. 안아 달라고 짖거나
떼를 써도 무시해주세요.

이것을 꾸준히 반복하면 반려동물의 분리
불안도 어느 정도 감소하고 보호자가
외출하기 전과 외출하고 돌아온 후 흥분하던
정도도 감소합니다. 다른 질문의 답변에서도
설명드렸지만, 반려동물과 잠을 각자의
공간에서 따로 자도록 합니다. 보호자의
의존도를 최대한 낮출 수 있는 환경을 마련해
줘야 합니다. 반려동물의 자립심, 독립심을
키워주세요.

간혹 혼자 두고 외출하는 것이 미안한 마음에

딱딱한 개껌을 주고 나오는 경우가 있는데
이것은 권하지 않습니다. 개껌이 딱딱하고
크기가 작지 않은데 보호자가 없는 상황에서
충분히 씹지 않고 꿀꺽 삼켰을 경우 식도가 막혀
위험할 수 있습니다.

124. 반려견이 산책을 너무 싫어하는데 꼭 해야 하나요?

어떤 반려견은 평생 산책 없이 집에서만 지내도
별 탈 없이 잘 사는 경우도 있습니다. 하지만
보통 산책을 거의 하지 않고 집안, 실내에서만
생활하다 보면 다양한 질환이나 문제가 쉽게
발생합니다. 지루함, 스트레스, 욕구 불만
등으로 행동 장애(하울링, 이식증)를 보일 수 있고,
알레르기성 피부 질환의 가능성도 높아집니다.
산책(운동)이 부족하게 되면 근육량 소실도
증가합니다. 노령견이 될수록 퇴행성 골관절염이
잘 생기는데 이때 근육량이 부족하면 파행 같은
증상이 더 심하게 나타나고 삶의 질이
떨어집니다. 산책을 나선 후 한 걸음 한 걸음 잘

할퀴고 물려도 나는 수의사니까

걸을 때마다 간식과 칭찬으로 보상을 해주세요.
산책이 무서운 일이 아닌 개에게 즐거운 일임을
반복적으로 각인시켜 준다면 어느 정도 산책이
가능해집니다. 단기간에 큰 성과를 이루려 하지
마시고 시간을 길게 두고 시도해 주세요.
주위에 사람이나 동물, 차 소음 등 각종
자극원이 없는 한적한 곳에서 산책하는 것도
도움이 됩니다.

125. 저는 침대에서 반려견과 같이 자는데 반려견에게 괜찮은가요?

인설이나 집 먼지, 집 먼지 진드기가 가장 많은
곳이 침대 위, 침구류입니다. 이것들은 개의
알레르기성 피부 질환을 유발할 수 있는 가장
대표적인 원인체(알러젠)입니다. 따라서 반려견과
침대에서 같이 자면 알레르기성 피부 질환의
가능성이 높아집니다.
보호자와 잠을 같이 자는 개는 보호자에 대한
심리적 의존성이 지나치게 높아질 수 있습니다.
사람으로 비유하자면 마마보이가 될 가능성이

높아진다는 뜻이죠. 이는 분리 불안으로 이어질
수 있습니다. 개가 평소에 쉬고 잘 수 있는
편안한 공간을 따로 마련해 주어 그곳에서 쉬고,
자게 해주세요.

126. 우리가 식사를 할 때 자주 삼겹살이나 족발 같은 음식을 주는데 괜찮나요?

동물병원에 가장 많이 내원하는 증상이 구토나
설사입니다. 구토나 설사의 원인은 매우
다양한데 그 중 대표적인 것이 췌장염입니다.
췌장염의 원인은 특발성(원인을 알 수 없음)도
많지만 삼겹살, 족발 등 기름기(지방)가 많은
음식을 먹었을 때 잘 발생합니다. 증상이 경미한
경우도 있지만 심할 경우 사망에 이릅니다.
따라서 해당 음식을 주는 것을 권장하지
않습니다. 전 가능한 사람 음식은 주지 말라고
말씀을 드립니다.

127. 반려동물이 무지개다리를 건너면(사망하면) 사체는 어떻게 하면

되나요?

크게 두 가지 방법을 안내해 드립니다.

1. 반려동물 장례 업체를 통해 장례를 치른다.

   최근 반려동물 장례를 진행하는 업체가 늘어나는
   추세입니다. 보통 화장으로 진행이 됩니다. 업체는
   다니는 병원에 문의해 안내를 받거나 인터넷
   검색으로 쉽게 찾을 수 있습니다.

2. 다니던 동물병원에 위탁한다.

   의료 폐기물 및 다른 사체들과 함께 반려동물의
   사체가 단체 소각됩니다.

위 두 방법은 비용 차이도 있습니다.
더 세부적인 내용은 다니던 병원이나 반려동물
장례업체에 문의하면 자세한 안내를 받을 수
있습니다. 저는 1번을 권장합니다.

128. 반려묘도 동물등록을 꼭 해야 하나요?

현재 고양이는 동물등록 제도의 (의무)대상이 아닙니다. 보호자의 주민등록 주소지가 고양이 동물등록 시범사업 참여 지방자치단체인 경우 월령에 관계없이 고양이도 동물등록이 가능합니다.

129. 반려묘도 광견병 예방 접종을 꼭 해야 하나요?

네, 그렇습니다. 현재 우리나라는 고양이도 법적으로 광견병 접종 의무 대상으로 지정되어 있습니다.

130. 심장사상충 예방약은 독하다던데 정말 그런가요?

아니요, 그렇지 않습니다. 병원에서는 수많은 실험과 임상시험을 거쳐 안전성이 검증된 제품을 사용합니다. 일반적으로 정해진 투약 방법으로 사용할 경우 몸에 큰 해가 되지 않습니다. 인터넷 카페나 보호자들 사이에서 떠도는 과장된 정보의 대표적인 사례입니다.

131. 시중에 매우 저렴한 심장사상충 예방약도 있던데 그런 걸로 예방해도 괜찮을까요?

아니요, 권하지 않습니다. 간혹 오리지널 제품에 비해 가격이 현저하게 저렴한 카피약들이 보이는데, 제품의 효과나 품질, 안전성 면에서 많이 떨어지고 위험할 수 있습니다. 실제로 아주 저렴한 심장사상충 약으로 매달 빠뜨림 없이 예방을 한 개가 심장사상충에 감염된 경우를 보기도 했습니다.

132. 제가(보호자) 백신을 구매해 집에서 직접 예방접종을 해도 되나요?

현재 보호자가 백신을 구매해 직접 자가 접종을 하는 것은 불법입니다. 자가 접종을 하다 심각한 후유증이 발생한 사례들도 적지 않습니다. 반드시 동물병원에 내원해 예방 접종을 해주세요.

133. 반려동물이 공격성이 높아 수술 후

피부 봉합을 녹는 실로 했답니다.
따로 발사를 하러 오지 않아도 된다고
하던데 그래도 괜찮나요?

간혹 공격성이 너무 높아 마취(진정) 없이는
발사(실밥 제거)가 불가능한 반려동물이 있습니다.
이 경우 종종 마취(진정)를 하고 발사를 하기
보다 녹는 봉합사로 피부 봉합을 한 뒤 따로
발사를 하지 않고 놓아두기도 합니다.

그런데 녹는 봉합사라는 것이 체내에 있을 때의
기준이라 체외, 즉 피부에 있을 때는 단기간
내에 녹아서 사라지지는 않습니다. 그래서
수술하고 나서도 꽤 오랜 기간 동안 피부에
봉합사가 관찰되기도 하는데 염증 같은 문제가
없다면 크게 염려하실 필요는 없습니다. 하지만
남아 있는 피부 봉합사로 인해 염증 등 문제가
발생한다면 병원에 꼭 내원해 진찰을 받으세요.

134. 다 큰 반려동물에게(성견, 성묘) 사료를
물에 불려서 주는데 괜찮나요?

반려동물의 주식은 대부분 건사료입니다.

건사료의 가장 큰 단점은 수분 함량이 적다는
것이죠. 반려동물이 평상시 스스로 물을 잘
마시지 않으면 일일 수분 섭취량이 적게
됩니다. 일일 수분 섭취량이 적으면 비뇨기
질환 가능성이 높아지고 건강에 좋지 않습니다.
사료를 물에 불려서 주게 되면 이러한 단점을
쉽게 극복할 수 있습니다.

단점은 딱딱한 건사료를 먹을 때에 비해
상대적으로 쉽게 치석이 생길 수 있으니
양치질을 더 열심히 해주시면 됩니다. 여름같이
실내 온도가 너무 높을 경우 물에 불린 사료가
상할 수 있으니 장시간 두지 않도록 합니다.

135. 제한 급식과 자유 급식 중에서 어느
것이 더 좋나요?

하루 중 사료를 정해진 시간에 정해진 양을 먹는
것을 제한 급식이라 하고, 사료 용기에 사료를
늘 충분하게 제공하고 반려동물이 배고플
때마다 알아서 먹게끔 하는 것을 자유 급식이라
합니다. 저는 제한 급식을 더 권장합니다.

반려동물이 제한 급식으로 습관을 들였다고
가정해 봅시다. 평소 건강한 상태라면 사료를
줬을 때 정해진 양을 일정 시간 안에 다 먹을
겁니다. 어느 날 평소와 똑같이 사료를 줬는데
한참이 지나도 많이 남겼거나 전혀 입에도
대지 않았다면 어디에 문제가 있거나 아플
가능성이 있다는 것을 시사하므로 즉시 병원에
데려가 진찰을 받을 수 있습니다. 따라서 제한
급식은 반려동물이 아플 경우 보호자가 더
빨리 알아차릴 수 있다는 장점이 있습니다.
자율 급식은 반려동물이 언제 얼만큼 사료를
먹었는지 파악하기 쉽지 않으니까요. 체중
관리를 할 때 사료량 조절도 더 수월합니다.
고양이는 소량씩 자주 먹는 습성이 있어 제한
급식이 쉽지 않거나 잘 맞지 않을 수 있으니
반려동물의 특성을 고려해 결정해주세요.

지나치지 마세요,
관심과 공부가 필요합니다

보호자가 반려동물에 대해 잘 알지 못하거나
잘못 알고 있는 경우가 생각보다 흔합니다. 이로
인해 반려동물의 건강이 나빠지고 위험해지는
경우를 많이 보았습니다. 반려동물에 대한
공부가 꼭 필요한 이유입니다. 특히 처음
키우시는 분은 더욱 그렇습니다.
공부를 할 때 무엇보다 자료의 출처가
중요합니다. 우리나라는 인터넷의 발달로
인터넷에 떠도는 출처 없는 글, 지식인의 댓글,
각종 인터넷 카페의 소위 '카더라 통신'의 정보를
쉽게 접하게 됩니다. 이런 정보는 반드시 적절한

필터링이 필요합니다. 팩트 체크가 필요하다는
의미입니다.

10년 이상 임상 수의사로서 일을 하며 정말
터무니없고 황당하거나 왜곡된, 과장된, 잘못된
정보를 진실인양 믿고 보호자끼리 주고받는
것을 어렵지 않게 봤습니다. 비슷한 맥락으로
수의사의 말보다 주위 사람, 지인 중 동물을
많이 또는 오래 키워본 분의 말을 더 신뢰하기도
합니다. 참으로 어이없고 안타까운 일이죠.
그릇된 정보를 가지고 반려동물을 키운다면
결국 그 손해는 반려동물과 보호자에게
돌아옵니다.

정말 반려동물을 제대로 키우고 싶다면 이
분야에 전문가인 수의사가 쓴 글이나 말을 믿고
따라주세요. 어디에나 사기꾼 같은 사람은 있기
마련입니다. 동물병원에도 그러한 수의사가
전혀 없다고 말씀을 드리긴 어렵습니다. 하지만
대부분의 수의사는 기본적인 인격과 소양,
전문적인 지식을 겸비하고 있습니다.

저의 개인적인 바람은 반려동물이 최대한

건강하고 오래 보호자와 함께 지내는 것입니다.

혹시 수의사나 동물병원에 대해 편견과
색안경이 있었다면 과감히 버려주시고 담당
주치의 선생님과 동물병원을 신뢰해 주시길
부탁드립니다.

끝으로 여러분 반려동물의 건강과 행복을
진심으로 기원합니다.

감사합니다.

잡(job)문집 시리즈 나만의 신념을 가지고 열정으로 일하는 당신을 세상에 알립니다. 가벼운 에피소드부터 진지한 직업철학까지. 당신의 잡(job)이야기를 잡문집 시리즈가 함께 합니다.

할퀴고 물려도 나는 수의사니까

오늘도 동물병원은 전쟁 중

초판 1쇄 발행 2023년 10월 15일

지은이. 박근필
펴낸이. 김태영

씽크스마트 책 짓는 집
경기도 고양시 덕양구 청초로66
덕은리버워크 지식산업센터 B-1403호
전화. 02-323-5609

홈페이지. www.tsbook.co.kr
블로그. blog.naver.com/ts0651
페이스북. @official.thinksmart
인스타그램. @thinksmart.official
이메일. thinksmart@kakao.com

ISBN 978-89-6529-374-3 (03810)
© 2023 박근필

•씽크스마트 - 더 큰 생각으로 통하는 길
'더 큰 생각으로 통하는 길' 위에서 삶의 지혜를 모아 '인문교양, 자기계발, 자녀교육, 어린이 교양·학습, 정치사회, 취미생활' 등 다양한 분야의 도서를 출간합니다. 바람직한 교육관을 세우고 나다움의 힘을 기르며, 세상에서 소외된 부분을 바라봅니다. 첫 원고부터 책의 완성까지 늘 시대를 읽는 기획으로 책을 만들어, 넓고 깊은 생각으로 세상을 살아갈 수 있는 힘을 드리고자 합니다.

•도서출판 큐 - 더 쓸모 있는 책을 만나다
도서출판 큐는 울퉁불퉁한 현실에서 만나는 다양한 질문과 고민에 답하고자 만든 실용교양 임프린트입니다. 새로운 작가와 독자를 개척하며, 변화하는 세상 속에서 책의 쓸모를 키워갑니다. 흥겹게 춤추듯 시대의 변화에 맞는 '더 쓸모 있는 책'을 만들겠습니다.

•천개의마을학교 - 대안적 삶과 교육을 지향하는 마을학교
당신은 지금 무엇을 배우고 싶나요? 살면서 나누고 배우고 익히는 취향과 경험을 팝니다. 〈천개의마을학교〉에서는 누구에게나 학습과 출판의 기회가 있습니다. 배운 것을 나누며 만들어진 결과물을 책으로 엮어 세상에 내놓습니다.

자신만의 생각이나 이야기를 펼치고 싶은 당신.
책으로 사람들에게 전하고 싶은 아이디어나 원고를 메일(thinksmart@kakao.com)로 보내주세요.
씽크스마트는 당신의 소중한 원고를 기다리고 있습니다.

방방곡꼭 01 양양

양양에는 혼자 가길 권합니다

ⓒ 이경자 2024

초판 1쇄 인쇄 2024년 9월 2일
초판 1쇄 발행 2024년 9월 12일

지은이 이경자
펴낸이 김민정
책임편집 유성원
편집 김동휘 권현승
디자인 퍼머넌트 잉크
저작권 박지영 형소진 최은진 오서영
마케팅 정민호 박치우 한민아 이민경 박진희
          정유선 황승현
브랜딩 함유지 함근아 고보미 박민재 김희숙
          이송이 박다솔 조다현 정승민 배진성
제작 강신은 김동욱 이순호
제작처 천광인쇄사

펴낸곳 (주)난다
출판등록 2016년 8월 25일
제406-2016-000108호
주소 10881 경기도 파주시 회동길 210
전자우편 nandatoogo@gmail.com
페이스북 @nandaisart
인스타그램 @nandaisart
문의전화 031-955-8865(편집)
          031-955-2689(마케팅)
          031-955-8855(팩스)

ISBN 979-11-94171-10-2 03810

ㄴㄴ〉〈ㄷㄴ